文春文庫

時ひらく

辻村深月　伊坂幸太郎　阿川佐和子
恩田陸　柚木麻子　東野圭吾

文藝春秋

時ひらく　目次

引用　三越包装紙図「華ひらく」

時ひらく

思い出エレベーター

辻村深月

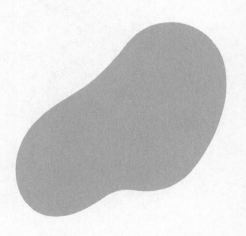

あれ、ひょっとしたら今日なのかも、と、不意に思った。

ちょうど、あの有名な天女像のあるホールにたまたま足を踏み入れたところだった。よく晴れた日だった。天井の格子状の窓からは、その青色のガラスを通して明るい光が降り注ぎ、巨大な天女像を照らしている。突然見たら、なんで美術館でも寺や神社でもない近代的なデパートにこんな天女が⁉と、きっとその威圧感と風格に度肝を抜かれただろうけど、オレは父方のじいちゃんの家がこの近くでよくつれてこられていたこともあり、まだ物心つかないような幼い頃からこの天女とは顔なじみだ。天女の背には炎か、広大な森のように広がる彫刻の中で大輪の花が咲き、あでやかな羽を持つ鳥たちが連なって空に向け飛ぶ。そんな壮大な像の存在感を横目に、値札のついた家具や衣類がかけられたハンガーがその前に並ぶという、その時々の催事売り場の光景も見慣れたものだ。

一階から、陽光の降り注ぐあの窓まで、他の階をぶち抜いて天女がそびえるこんな感じの作りの場所を「吹き抜け」と呼ぶことは、周りの大人から自然と知ったことだった。今日は晴れだけど、実はオレは、雨の日の仄暗い窓の光を受けるこの場所も好きだ。

極彩色の存在感を纏《まと》う天女の周りには、落ち着いた色合いの大理石と、レッドカーペットと見まがう赤い床材の階段が広がる。

今、そのあたりに足を止めている人はいない。皆、通り過ぎているだけ。だけど、どうしてか、今、誰かとすれ違ったような気がした。その瞬間、予感がした。

今日なのかも、と。

今日、オレがひさしぶりに三越に来たのは、来月入学する予定の高校の、その制服の採寸のためだった。

「あんたがまさかあの学校に受かるなんてね」

付き添いでやってきた母が言うのが、嫌みや謙遜でなく、合格を喜ぶ照れ隠しのニュアンスなのだとわかるくらいには、今はもう大人だ。その母は、採寸エリアに行く途中も、他のショップの服や食料品エリアの表示を目で追いかけていて、だからオレの方から採寸を終えた後で、「まだどっか寄る？」と聞いた。

母は「あら、いいの？」と聞いた後で、途端にうきうきとしだし、一時間後に七階のレストラン――三越では特別食堂という名前だ――前で待ち合わせをすることになった。受験でお世話になった塾の先生に、そこで売られているクッキーを買って帰るというのも、今日の目的のひとつだったからだ。

とはいえ、クッキーは母に託して先に帰るという選択肢もあるにはあったし、普段のオレならそうしていた気がする。だけど、その日はなぜか残った。三越の外に一歩出ると、桜並木が有名な江戸桜通り。さっき通ったら、桜のつぼみがだいぶふくらんでいるように見えた。

すぐに帰らなかったのは、たぶん、長い受験勉強からの解放感と、晴れて第一志望だった学校の制服の採寸に来られたという誇らしさ——そして、それゆえに普段ならやらないようなことをやってもいいような気になった特別感からだ。日本橋三越はなんていうか、人をそういう気持ちにさせる。同年代の友達と過ごす時のような何かに合わせなきゃいけないような気持ちが薄れて、目的がなくても、本音の自分で「ただ時を過ごす」ために時間を使ってもいいような——そんな場所。

——本当に、今日なのかも。

心の、理屈ではない部分に、閃《ひらめ》きのようにその思いが落ちてきた。陽光が注ぐ中央ホールの上の階を眺める。吹き抜けになっているせいで、各フロアの様子が地層のように積み重なってよく見える。

確か、四階か、五階だった。そこには誰か、いる？　いない？

そんなことが起きるわけがないと思いながら——でも、そこに、俯《うつむ》きながら立ち尽くし、階下を見下ろしている泣きそうな顔の子どもがもし、いたら。

佇む天女の背中側、パイプオルガンが鎮座する両脇から、大理石の階段が伸びている。いるわけない、そんなことが起こるわけがない、と思いながら、オレは一歩、階段に向けて、足を踏み出した。

◇◆◇

「わー、おいしそうだね、大地《だいち》」

運ばれてきた皿の上、赤い汽車の煙突から、しゅーっと白い煙が上がっている。汽車がのせているのは、ハンバーグにカニ爪フライ、富士山の形をしたケチャップライス、スパゲッティ、フレンチフライ。ハンバーグとフレンチフライの間には、「越」の文字を丸で囲んだ旗が刺さっている。皆の前、並んだ水のグラスとテーブルクロスの上を汽車の白い煙がうっすら覆う。

「いつ見てもすごいねぇ、三越のお子さまランチ」

ママが言う。だけど、汽車の皿を目の前に置かれても、ぼくは何も言わなかった。このお子さまランチは確かによく食べていて、汽車の煙も、富士山が雪をかぶったように二色になっているケチャップライスも好きだ。

だけど、今日は食べたいなんて言ってない。ママが勝手に決めてしまった。「今日はみんな慌ただしいから、私たちはここでごはん食べていこうか」と。だから、ぼくたちは、おじいちゃんの家に戻る前に、食事していくことになった。

汽車のお皿と別に、コーンクリームスープとプリンが置かれる。あたたかい匂いを嗅ぐと、確かにおなかが空いたような気がしたけど――でも、今日のぼくは乗り気じゃなかった。だって、これを食べたら、もう、行かなきゃいけない。

「この煙ってドライアイスなんだよね？」

一緒に来たパパの妹の、ナナエちゃんが言う。ママが頷いた。

「うん。三越ってお子さまランチ発祥の地だって、お義父さんから聞いた。そうそう、名前も『お子さま洋食』なんだよね。このレトロ感が素敵」

メニューを指さしてママが言う。今日、ここにきたのは、ママとナナエちゃんと、ぼくだけ。パパはまだ準備があるから、とおじいちゃんの家に残った。

大人二人の前にも、料理が運ばれてくる。

「ここ、洋食でも和食でも、両方のメニューがあるのがいいよね」

「そうそう、好みが違っても、それぞれ選んでみんなで食べられるもんね」

ママとナナエちゃんは、さっきからたくさんのことを話している。いただきます、とみんなでごはんを食べ始めてからも同じで、「そういえば、昔、ここに来た時って」とか、「あ、そういえば前に」とか。そういう話題の全部が、今話すことかな？　と思うし、話さなきゃいけないことは、もっと別にある気がするのに。

おとといから涙でぱりぱりになった頬っぺたが、食べるために上下に動くだけで、ぼくは変な感じがまだする。

「だけど、無事に買えてよかった」

ママが座席の下に置いた紙袋を見て言う。中に入っているのは、さっき買ったばかりのぼくの洋服だ。

「私たちはいいけど、子どもは困るのよね。今日になって、何も用意してなかったことに気づいて。いろいろ準備していたつもりでも、大地の服のことは頭からすっぽり抜けてた」

「うん。突然必要になると大変だよね」

「でも、次の春には入学式があるし、その時にどうせ買わなきゃならなかったからちょうどよかったのかも。春まで、大地がまだ着れればだけど」

「あー、子どもも、すぐ大きくなるもんねぇ」

「そうなの」

大人たちが話す横で、ぼくは全然、楽しくなかった。どうしてこんな気分の日に、大好物のあるレストランにつれてこられなきゃならないんだろう。ママたちも、どうしてそんなふうにできるんだろう。

「ナナエさん、付き合ってもらっちゃってごめんね」

「あ、大丈夫です。お兄ちゃんは一応残ったけど、私は家にいても、今の時間はすることも特にないし、もうおまかせしたから」

「そっか」

話が、途切れた。ママがぼくのお皿を見て「あんまり食べないね」と言った。

「おなかすいてない？」

「わかんない」

正直な気持ちだった。おなかはすいてるような気もするけれど、食べていいのかわからないような、もやもやした気持ちがずっと続いている。なんで自分がここにいて、今こんなふうに座っているのか、座っていいのか――みたいな気持ち。だけど、それをママやナナエちゃんにうまく伝えられない。

「好きな、食べられるものだけでいいから食べてね」

いつもだったら「もっと食べなさい」とか怒ったかもしれないけど、ママの言い方と声が柔らかかった。

「あ、ごめん。ナナエさん、あと、服に合わせるこの子の白ソックスだけ買っていい？」

「もちろん。じゃ、子供服売り場に戻ろうか」

ぼくの服を買ったのは、レストランがあるのと同じ階だ。さっきのお店に戻って、ママが靴下を選び、お金を払っている間、ナナエちゃんが近くのお店をなんとなく、眺めている。ママは店員さんと話していて、「発表会か何かですか？」「あ、違うんです」「まあ……」と声が聞こえた。

近くには、絵本やおもちゃの売り場があって、大人がこうやって買い物をする間、ぼくはたいてい、それらの本をめくったり、おもちゃで遊んだりする。

だけど、絵本はさっき服を買う時に見たし、おもちゃで遊ぶのも、今日は何か違う。

もっとおもしろいもの、新しい何かが、奥にはあるかもしれない。それが見つかったら帰らなくてもいいような気がして、ぼくはさっきよりも離れた場所まで歩いていく。

と——その時だった。

『これがいいんじゃない？』

と声が聞こえた。

その声は、すぐ近くで聞こえたはずなのに、透明な膜の向こうから聞こえるようになんだかふんわり、ぼんやりしていた。え、とぼくは顔を上げ、声の主を探す。よく、知ってる声。でも――。

『大きすぎない？　階段を登ったりすることを考えると、もうちょっとコンパクトな方がいい気がする』

赤ちゃんが乗る、ベビーカーの売り場だった。ぼくの保育園でも、もも組さんの赤ちゃんたちは、朝、こういうのに乗ってやってくる。ぼくの使っていたやつは、今はもう乗らないから、玄関にたたんで立てかけっぱなしだ。

『うーん、でも、タイヤはしっかり安定感があって太い方がいいと思うんだよな。デザインもかっこいいし』

声の主はどこにも見えない。でも、間違いない。知ってる声だ。

パパの声だ。

目をぱちぱちさせるぼくの目の前で、その時、一台のベビーカーがすーっと動いた。誰も押していないし、乗っていないのに、まるで誰かが見えない手で操っているみたいに、すーっと動いていく。

『あ、押してみると軽いね』

今度はママの声に聞こえる。でも、ママはあっちでお金を払っているはずで――と、そう思っても、動いていくベビーカーに目が釘付けになる。うちの玄関にあるのと、色や形がよく似ている、だけど、まだピカピカのベビーカー。

ベビーカーは流れるように動き続けている。ぼくは追いかける。ふしぎだけど、怖いとは感じず、その「ふしぎ」に誘われるようにして、追いかけていく。

ベビーカーは、エレベーターの前で止まった。金色の扉。上に花の模様が入った四基のエレベーターは、扉に窓がついていて、デパートの中の景色が見えるようになっている。何度か乗ったことがあるけど、うちのマンションのエレベーターとはそこが違って、おもしろかった。

並んだ扉の上には、それぞれ数字の入った丸いのがついていて、時計みたいだけど、ちょっと違う。時計の針がなくて、あるのは光る矢印だけ。文字の入り方もなんだか違う。前に一緒にきたおじいちゃんから、「あれは階数」と説明されたことを覚えていた。

「B」と書いてあるのが、地下。

「R」が屋上。

どの階に今、エレベーターがいるか、光って教えてくれる。

金色に光るエレベーターの扉のひとつが、開いた。その前で、まるで扉が開くのを待っていたようにベビーカーが止まった。

中には、エレベーターを操作する係の女の人が一人きり。他には誰も乗っていない。一歩、中に入る。子供だけでエレベーターに乗ったことなんかなかったのに、この時にはまるでそうするのがあたり前のように足が動いた。

中に入ると、ぼくがやってくるのを待っていたように、扉が閉じた。

その時に、あっと思った。

フロアに向けてついた、エレベーターの窓ごし。さっきまで誰もいなかったはずのベビーカーの前に、ぼくのパパとママが立っていた。パパは今より髪が長くてちょっと痩せていて、ママは逆に髪が短く、おなかが大きかった。二人でベビーカーを軽く、押したり、引いたりして見つめている。

ママ、パパ、とぼくは声をあげるけど、エレベーターの扉を隔てた向こうにその声は届かないみたいで、二人とも、ぼくに気付かない。ベビーカーを間に挟んで見つめ合い、笑う。エレベーターが動くと、その姿が視界から消えた。

ドアの脇、ボタンの前に立つ女の人を見るけれど、その人はまるで何も見えなかったようにただ黙って立っている。ぼくに何も聞かずに、エレベーターは行き先が予《あらかじ》め決まっているかのように動いていく。

女の人の横、窓の外の景色がゆっくりと変わっていく。

ひとつ階を降りて――また、声が聞こえた気がした。扉の向こうに見たと思ったパパとママに、さっきぼくの声は届かず、だから、向こうの声だって、こっちまで聞こえるはずはないのに。


『三越劇場はいいわ。お芝居が楽しみなのはもちろんだけど、建物のこの、ヨーロッパにでも来たような感じが好き』

――おばあちゃん、と思う。

着物姿の、女の人が見える。後ろ姿だけど、それでもおばあちゃんだとわかったのは、ぼんやり聞こえるこの声と、横に、ジャケットにハンチング姿のぼくのおじいちゃんがいたからだ。おじいちゃんの声がする。

『でも、この劇場は外国ふうだけど、建築様式はどこって決まったものじゃないらしいよ。ロココ調を意識したみたいだけど、スパニッシュも入っていれば、ギリシャ彫刻を参考にしてる部分もあって、天井が格子になってるのなんか、まるで日本の寺社や城郭だ。当時のみんなが憧れた、海外の劇場っていうそのものを作ろうとしたらこうなったらしい』

『へえ、調べたの？』

『この間来た時に、ここの人に聞いた』

エレベーターの向こうのおばあちゃんの前に、劇場の入口の、シャンデリアが輝く。その向こうにある舞台が見えるように、おばあちゃんが目線を上げる。

『じゃあ、ここにしかない、世界のどこでもない劇場なのね』

エレベーターがゆっくり、動き続ける。呼び止めようとしても、すぐにまた次の階にいく。窓を通じて、映画か何かを見てるみたいに。

『結婚式の引き出物がカタログギフトなのは味気ないかな』

『じゃ、このお皿は？　でも趣味の押しつけみたいに思われるかな』

『お皿よりは、グラスの方が使ってもらえるかも――』

『新築祝いだから、お菓子よりタオルとかハンドソープみたいなものの方がいいかな』

『お菓子だったら、私、あれも好きよ、あの地下の――』

『絨毯は大きい買い物だから、よく考えて柄を選ばないと』

『わあ、けっこうするんだな！』

『子供部屋の椅子は、高さが変えられた方がいいよね』

『そうね、この先買い替えることもあるかもしれないけど――』

仕事の時のスーツ姿のパパが、誰かと電話で話している。

『この近くで仕事が終わるから、帰り、何か、買って帰ろうか』

コロッケが好きなんだ、と思う。

ここのクリームコロッケがパパは好きで、家族で来た時も、最後に、よく地下のお店に寄る。電話を持つパパが笑顔になる。

『バレたか。うん、オレが食べたいだけかも。買って帰るよ』

『なるべく、無難な、黒い色の靴がほしいんです』

思いつめた顔をして、売り場の店員さんをじっと見つめるのは――たぶん、ナナエちやんだ。

『特徴とか、主張とか、なんにもない感じの』

今はいているくたびれた様子の靴を見下ろして聞くナナエちゃんはグレーのスーツ姿で、今みたいに髪は明るく染めていない。黒い髪をきっちりひとつにしばったナナエちゃんは、その髪型と同じくらいきっちり唇を引き結んで店員さんを見つめている。

話を聞いていた店員さんが、深く、頷いた。

『疲れにくい靴をいくつか、試されてみますか。ヒールがあっても、クッション性が高くて、長時間歩くのに向いているものを探して、お持ちします』

ナナエちゃんの顔から、あの何かが張り詰めていた、きっちりとした感じがすうっと少し、抜ける。店員さんが頷いた。

『少々お待ちください。必ずお持ちしますから』

『これがいい』

売り場の椅子に腰かけて、おじいちゃんが言う。背中が丸く、さっき劇場の間におばあちゃんといた時より、痩せたおじいちゃん。

すぐ近くにいるおばあちゃんは着物を着ていなくて、その横では、店員さんが腕にステッキをたくさんかけている。黒いの、茶色いの、白いの。持ち手のところに革がついてるものや、模様が入ってるもの。

おじいちゃんが、そのうちの一本――ぼくも見たことのあるこげ茶色のを、手に取る。立ち上がろうとする動作がゆっくりで、それを、店員さんとおばあちゃんが支える。手の中のステッキの持ち手をしみじみ眺めて、おじいちゃんが『うん』と頷いた。

『これを、もらうよ』

『どれが一番、いいのかしら』

『え、母さん、いいのってそんな』

今度は、おばあちゃんとパパだ。並んでいるのはたくさんの――ランドセル。いろんな色のものがズラリとたくさん並んでいる、その場所に覚えがある。ちょっと前に、パパママと、おばあちゃんと一緒に見に来た。おじいちゃんのお見舞いの帰りに、選びに来たのだ。

『だって』と、おばあちゃんが言う。

『おじいちゃんが、大地には、一番いいのを選んでやってくれって言っていたじゃない。私はまかされたんだから。――大地』

おばあちゃんが呼びかける。その先に――ぼくがいる。おじいちゃんと来られなかったのは残念だけど、具合がよくなれば、またおじいちゃんとここに来られる、一緒にレストランにも行ける、と思っているぼくが。

『一番いいのを、選んでね』

『うん』

窓の向こうの、ぼくが頷く。

流れていく景色が、最初動き出した時と同じように急に、止まった。

はっとして、ぼくは開いた扉の向こうを見る。しばらく待っても、扉は再び閉まる様子はなく、何も起きない。

ぼくはエレベーターを降りる。後ろでドアが閉じる音がして、振り返ると、ぼくが乗ってきたエレベーターはすでに別の階に向けて動き出したようだった。夢の中を歩くような気持ちで、明るい光に溢れる売り場の中を、ぼくは前に前に、進んでいく。

その場所に、突然、出た。

この三越に、天女の像が飾られた天井まで続くホールがあることは、何度か来ていたから知っていた。ただ、それはいつも、その場所に行こうと決めていく、という感じじゃなくて、歩いていたら突然その場所に辿り着いた、という雰囲気で、いつも巡り合う。

今日もそうだった。ぼくが出てきたのは、天女の背中側で、ぼくは手すりのギリギリまで近づいていく。手すりは上に模様の入ったガラスが嵌《は》まっていて、ぼくの背では、背伸びして、そのガラス越しに外を見るのが精一杯だ。

ぼくを乗せたエレベーターは、長く下降を続けていたように思ったけれど、意外にも、まだこんな高い場所だったのか。天女の背中が――それから、他の階の様子がよく見える。

あの階はゴルフ用品とかのスポーツウェア、あの階はたぶん、お化粧品。吹き抜けの低い壁に沿って、高級そうな絨毯が並んでいたり、靴が並んだラックがあったり。それぞれの売り場に立つ店員さんやお客さんも、いかにも「その売り場の人」という感じで、一つ階や区画が違うだけで、別の国が並んでいるみたいだった。

絵本の、『ウォーリーをさがせ！』をふいに思い出した。眼鏡に赤と白の縞々ファッションのウォーリーをさまざまな世界で探す。あの絵の中で、ウォーリー以外の他の登場人物がそれぞれのエリアで会話したり、生活してるのと同じような、一枚の大きな絵にバラバラの人生があるような、そんな感じがある。

それか、ケーキ。

何層にもクリームを重ねた『三越』という大きなケーキに、この場所はフォークを突き刺して切ったところを見せているみたい。下から見ていた時には遥か遠くだと思っていた、色とりどりのガラスが絵のようにはめ込まれた天井の窓だって、この位置から見上げると、とても近い。

だけど――。

下の階を見ると、足がすくむ。上の階だけ見ている分にはそうでもないけど、ケーキの底、一階の床がびっくりするくらい遠い。きちんとここで壁や柵をつかんでいるのに、自分があそこに吸い込まれるように落ちるところが想像できてしまう。頭がくらっとした。

どこに、ママはいるんだろう。

勝手に離れたのはぼくだし、帰りたくないと思ったのもぼくだけど、戻り方がわからないのに気づく。上の階を見て、今横切った女の人がママかナナエちゃんかも、と目が期待して追いかけるけど、服も顔も、こっちを向くと違う。知らない人だ。

急に心細くなってきた。ママの場所に、戻れなかったらどうしよう。こんな遠くに来ちゃったけど、ママやパパに二度と会えなかったらどうしよう。あわてて、もう戻った方がいいんじゃないかと落ち着かない気持ちになって、パニックになりかけた、その時だった。

ふいに、視線を感じた。上下左右を探すと、目が引き寄せられたのは、かなり下だった。天女像の先から伸びる、赤い階段。その周りの薄いピンクとオレンジ色が混じり合ったような色の壁を、熱心に、そこに張りつくようにして見入っている人たちがいる。帽子にポロシャツの男の人と、同じくキャップをかぶってポロシャツに短パンの男の子――。

壁に手をついて、男の子がノートを取り出し、何かのスケッチを始める。横にいた男の人がこっちを向いて――ぼくを見つけた、気がした。優しい顔の双眸がゆっくりと細くなり、こちらを見て、笑う。その時に、わかった。

おじいちゃんだ、と。

おじいちゃん――と身を乗り出そうとした。ぼくが知ってるのよりずいぶん若く見えるけど、あれはきっと、おじいちゃんだ。でも、だとしたら、横にいる子は誰なんだろう。おじいちゃんと一緒に出掛けるのは、いつだってぼくだったのに。ぼくじゃない子と一緒にいるのが、なんだか変で、なんていうかズルい。

おじいちゃん――。

下の階に行こうと手すりから体を離した、その時だった。

「よお」

突然、声がした。その声は、さっきまでエレベーターの窓ごしに聞いていたようなどこかぼんやりした声と違って、本当にはっきり聞こえて、僕は驚いて心臓がぎゅっとなった。横を見ると、いつの間に来ていたのか、そこに——お兄さんがいた。ぼくよりは大きいけれど、パパやママほど大人じゃない、そういう感じの、「お兄さん」。夏なのに薄手のコートを着ていて、ぼくのすぐそばにやってくる。手すりの前、ぼくの目の高さまで身を屈《かが》めて、聞く。

「何か見えた？」

ぼくはただひたすらびっくりして——知らない人と口をきいていいのかもわからなくて、声を出すことも、頷くことさえできなかった。その場から離れたり、逃げたりすることさえできなくて、反射的に顔を逸らし、また、下を見る。

でも、そこに、さっき見つけたと思ったおじいちゃんはいなくなっていた。さっき、おじいちゃんと一緒でズルいと思ったあの男の子もいない。それを確認したタイミングで、またふいに、お兄さんが言った。

「——おじいちゃんのお葬式に、出たくないんだよな」

あまりに驚いて、息が止まった。

咄嗟《とっさ》に思ったのは、そうなんだっけ？　ということだった。ぼくは今日ずっとモヤモヤして——三越にも来たくなくて——、でも来たら来たで、今度は帰りたくなかった。子供服を買わなきゃってママたちが言ってた。おじいちゃんのお葬式に出るための、子供用のちゃんとした服を買わなきゃって。

おわかれをするためなんだ、とママは言っていた。病院から戻ってきたおじいちゃんの体にさわらせてもらうと、それは、病院で最後に「おわかれ」と言われた時より、ずっと冷たく硬くなっていて驚いたけど、それでもおじいちゃんはただ眠っているようにしか見えなかった。おじいちゃんはどうなるの、と聞いたら、お葬式の後で「おわかれ」する、と言われた。パパたちに聞いたら、燃やす、「火葬」にするって。

でも、おじいちゃんは、まだ戻ってくるかもしれない。起きて、また、体に。そんなふうにしかぼくには見えない。だけど、帰ってくる体がなくなってしまったら、おじいちゃんはどうしたらいいだろう。

おばあちゃんも、パパも、ナナエちゃんも、ママも、他の人たちも、病院で泣いて、泣いて、おじいちゃんのこともいろいろ話していたくせに、今日三越に来た時もレストランでも、違う話をしていたりする。おじいちゃんの話を、いつまでもしていてくれない。「難しい病気だから、覚悟していた」「もう長かったから」と、そう言ったきり、関係ない、違う話を始めたりする。

もっとずっと、泣いて、悲しんでなきゃいけないのに。

頭の中がぐるぐるしていたけれど、それでも、ぼくは自分がどうしたいのか、何が嫌なのか、はっきりとはわからなかった。わからないけど、でも、それを誰もわかってくれないことにイライラしていた。

でも、それをどうしてこの、会ったばかりのお兄さんが知っているのか。

「わかるよ」

お兄さんが言った。その言葉を聞いたら、ふしぎなことに、頭の中のぐるぐるも、おなかの底のイライラも、全部がすとん、と落ち着き、わかってしまった。

帰ったら、おじいちゃんと本当におわかれになる。ぼくはそれが嫌なんだ、と。

「でも、帰らなきゃならないこともわかってるんだよな。それもわかる。一人で今、心細いのも」

ぼくは答えられない。何をしゃべればいいのかわからなかったからと、まだ、驚きが続いていたからだ。お兄さんは笑わない。真面目な顔で、だけど、そこまで真面目すぎない顔で、ぼくに言う。

「行こうか。帰れる方法、たぶん、知ってる」

動けないぼくの手を、お兄さんが引く。触れた手があたたかく、体温を感じたので、あ、幽霊とかじゃない、とかろうじて思った。だけど、そういうことの全部が、言葉はおろか、表情にさえ、うまく出せない。

ぼくをつれて、お兄さんがゆっくり歩く。途中、何度かぼくの顔を覗き込み、そのたび、あ、今何か言われるのかな、と思ったけど――お兄さんは何度も口を開きかけ、でも閉じて、結局何も言わなかった。

つれていかれたのは、さっきのエレベーターの前だった。金色の、正方形が並んだ窓。四基のエレベーターの扉の上に、時計のような階数表示。お兄さんがボタンを押すと、さっき乗ってきたのと同じ、一番端のエレベーターが、停まって、開いた。

「これで帰れるよ」

ぼくはようやく、ぎくしゃくと頷いた。お礼を言うべきなのかとも思ったけど、それも言葉にならなかった。お兄さんが身を屈める。エレベーターの方に送り出すぼくに向けて、また、何かを言うように唇を開いて――今度も、すぐに閉じるかと思ったけど、一言、言った。

「おわかれじゃないよ」

今度もろくに反応できず、顔を見つめ返すのが精一杯のぼくに、お兄さんが続けて言った。

「だから、安心して帰りな」

乗り込んだエレベーターの扉が閉じる。扉の窓から見えるお兄さんの口元がふっと緩んで、ぼくに手を振った。

ばいばい、とその口が動いたような気がしたけれど、ぼくがそれに手を振り返す頃には、エレベーターが下に動いて、お兄さんの姿が見えなくなった後だった。

「大地っ！」

エレベーターを出て、一歩フロアに降り立った途端、強い力で抱き締められた。

ぼくを抱き締める、ママの体が震えている。ママの髪の毛で覆われた視界の端にナナエちゃんが泣きそうな顔で「よかった、よかった」と繰り返しているのが見えた。さっきママがお会計の時に話していた制服姿の店員さんもいるし、帽子をかぶった警備員さんみたいな人も、いろんな大人がいる。

心配されていたのが、みんなの様子を見て、わかった。

「どこにいたの。探したんだから」

ママが聞く。ぼくは、咄嗟にエレベーターの方を見たけど、扉はどこも閉じていた。

あれに乗った、と話そうとしたところで——だけど、あれっ、と思った。三基並んだ、エレベーター。だけど、ぼくが乗った時は、もうひとつ、扉があった気がする。ぼくはそれに乗った気がする。それから——あれもない。時計みたいな、あの階数の表示。乗る時に、確かに見たと思ったのに。

あと、変だ。ぼくが乗ってきたエレベーターは、下に、下に向けて動いて——だけど、今いるレストランのある階は、デパートの上の方のはずだ。上の階から降りてきた、はずなのに。絶対に、乗ってきたのに。

でも……本当に？　そういえば、ぼくはエレベーターを降りた瞬間のことをよく覚えていない。

ママが携帯電話を出して、話している。

「あ、パパ？　うん、そうなの。見つかった。無事に見つかったよ。よかった、ありがとう」

ぼくがいなくなって、あわてて、パパに電話したんだろう。電話を切ったママが、ぼくとナナエちゃんに言う。

「心配して、パパもこっちに向かってるところだったから、もう、このまま三越まで来るって。一緒に帰りましょう」

本当にご迷惑をおかけしました、どうもすみませんでした――。

ママとナナエちゃんが、集まってくれていたデパートの人たちに何度も謝る。ぼくも「ごめんなさい」と謝った。そうすると、みんな、ほっとしたように息をついて「いえいえ」「見つかって本当によかったです」と話しながら、離れていった。

「迷子の放送をしてもらったんだけど、聞こえなかった？」

「うん」

聞いた覚えがないし、そういえば、エレベーターに乗る少し前から、周りの音はずっと静かだった。他にも人はいたけれど、あのお兄さんの声だけがやけにはっきり聞こえたから、だから、驚いたのだ。

「もう、本当に心配したんだよ。だけど、ごめんね。ママたちも買い物してて、ちゃんと見てなかった」

安心したら喉が渇いた、とママが言って、やってくるパパと行き違いになるといけないし、とぼくたちはまた、お子さまランチを食べたあのレストランに戻って、ジュースを飲んだ。やってきたパパが、ぼくを見て、「心配したよ」とママと同じ言葉を繰り返す。

「無事、見つかってよかった」

パパは何も頼まずに、そのまま、みんなでレストランを出た。葬儀屋さんにいろいろおまかせしているけれど、四時にはお通夜のために斎場に入るから——とパパとママが話す後ろを、ぼくはナナエちゃんに手を引かれて歩いていく。

と、ふいに、パパが足を止めた。

「懐かしいなぁ」と。

「大地のベビーカー。買ったの、ここだよな。そうか、レストランと同じ階だったか」

「一時間近くかけて選んだね、そういえば」

ベビーカーの並ぶあたりを見て、ママも言う。二人の視線の前には、うちの玄関で今たたまれてるのと同じ色の、さっきぼくの目の前を自動運転みたいに通っていったあの一台もある。

ふと、ぼくの横で手をひくナナエちゃんの靴に目がいった。黒くて、ちょっとだけ踵が高い、ナナエちゃんがよく履いてる靴。おばあちゃんが、お正月に磨いてるのを、ぼくも見たことがある。

「パパ」

「ん？」

「パパが子供のころから、ここ、あるの」

パパが目をぱちくりさせてこっちを見た。それからすぐ、「そりゃ、そうだ」と頷く。

「日本橋三越は、すっごく古くて歴史があるんだよ。今の建物になってからどれくらいかわからないけど」

「おじいちゃんとも来た？」

パパをじっと見る。すると――パパがはっとしたような、真面目な顔つきになった。腕時計を見て、ママとナナエちゃんに、「まだ少し、時間あるね」と呼びかける。

「ちょっと、行こうか」と、ぼくらを誘った。

パパがぼくらを連れていったのは、あの「吹き抜け」のホール、天女のいる足元一階付近だった。さっき、上から眺めた時には足がすくむほど遠く見えた、あの場所だ。

「アンモナイトがいるんだ、この大理石の中に」

「えっ」

「知ってるか？　恐竜がいたような時代の、大昔の貝で」

「知ってる」

図鑑で見たことがあるし、アニメや動画でも、人間がいないような「太古」の時代によく登場する貝だ。パパが笑い、壁に沿って歩きながら説明する。

「パパが子どもの頃、おじいちゃんと探したんだよ。ちょうど、この辺かなぁ。どっかに表示が……あ、あった！」

パパが示したのは、地下に降りていく階段の途中だった。渦巻き型の特徴的なあの貝そのものの形が、確かにピンク色の石の中にはっきりいるのがわかる。

近くに「アンモナイト」と書かれた看板と説明書きがあった。

「一番有名なのはここの貝だけど、探せばまだたくさんいるよ。表示がないところでも、ちょっと探しただけで、あちこちにいる」

「あ、ひょっとしてこれもそう？」

パパが言い終わらないうちに、ママが反対側の壁を指さして言う。その場所を見て、パパが「おお、そこもだなー」と笑う。

「上の床にもいたよね。昔探した時、小さいのが」

ナナエちゃんが言った。ママと違って一生懸命探してる雰囲気はないけど、その顔が楽しそうだ。

「お兄ちゃんの、夏休みの自由研究だよね。休みのギリギリまで宿題が終わらなくて、何していいか困って、結局ここでアンモナイトの観察」

「このあたりの小学生の鉄板の自由研究なんだよ。困ったらここに駆けこむ」

「私は毎年ちゃんとやること決めて準備してたから、駆け込んだことないよ」

「お前は確かに、毎年宿題は計画的なタイプだったよなぁ」

「うん。お兄ちゃんやお父さんが観察してる間、お母さんと屋上の小さい遊園地で遊んで待ってた」

「そういや、あの頃は遊園地あったな」

「でも、クラスの男子にも毎年いたな。お兄ちゃんと同じで、ここのアンモナイトをスケッチしてくる子」

「だろ？」

パパが、見つけたアンモナイトの化石を大事そうになでる。そんな太古の昔の貴重なものにこんなに簡単に手を触れていいの、と驚きながら、だけど――ふうん、と思った。子どもの頃のパパとおじいちゃんが、ここで化石を観察するところを想像してみる。さっき見たばかりの光景を思い出す。

「パパ」

「ん？」

「ぼくも、それ、やりたい。小学校入ったら、ここで、自由研究」

パパの服の裾を引いて、顔を見上げる。すると――パパが息を吸った。深呼吸をする時みたいに、大きく。

「うん」

頷いて、ぼくの目線の高さにまで身を屈める。アンモナイトの渦巻きが、すぐ近くにあった。

「やろうな」

そう言ったパパの声が途中で、掠《かす》れた。何かを思い出したみたいに声に震えが混じると、横にいたナナエちゃんがそっと自分の目の上を押さえた。

「うん」

ぼくも頷く。

ふいに——胸がいっぱいになった。思いがあふれて、止まらなくなる。「パパ」と呼ぶ。

「ん?」

「さみしい」

おじいちゃんと、もうここに来ることがないこと。会えないこと。おじいちゃんがいなくなること。

口に出すと、パパもママも、息を呑む気配があった。

「うん」

パパが頷く。長く息を吸って、吐いて。ぼくの肩を抱き締めて、言った。

「パパも、すごく寂しいよ」

おじいちゃんのことが、大好きだったから。

続けられる声を聞きながら、ああ――と高い、高い、天井の方を見上げる。さっきまでぼくのいた階は、もうどこら辺だったのか、わからない。光のあふれる天井の青い窓を見上げながら、ぼくは、今日のことを覚えていようと思った。

ぼくは――。

◇◆◇

医者になろうと思ったんだよな。

送り出したばかりの小さな手と、頼りない背中の感触を思い出しながら、オレは思う。

あの日、この場所で。じいちゃんが治らなかった病気を、オレが治してみせるって。

だから、そのために、絶対に勉強する――って。

だから、おわかれじゃない。

会えなくなっても、一緒に過ごした時間はちゃんとオレの中に残っている。

不思議なもので、エレベーターに子どもを乗せ、その扉が閉じて、窓の向こうに姿が消えた途端――周りの音が、急に戻ってきた感覚があった。

これまでも周囲に人の気配はしていたし、いるのは同じこの場所だったはずなのに、まるで水の中から陸に上がってきたばかりのようだ。中央ホールに佇む天女の非現実感も手伝って、とりわけ、そんなふうに感じられる。

手の中に、小さな手のひらの感触がまだ残っている。でも、目の前から「彼」が消えた今となっては、それが本当にあったことだと、自分の身に起きたことでもにわかに信じがたい。

でも。

現実でなくても、別に構わないのだ。オレが見たと思ったこと、感じたと思ったこと。

五歳のあの日、三越で迷子になったことは、今も、親族で集まった際に、両親と七恵おばさんの語り草になっている。お義父さんのご葬儀の時はとても大変で、子供の礼服がないから、三越に急いで買いに行ったんだけど、大地が迷子になって、そりゃあもう――。

どこまでが自分の記憶で、どこからが大人から聞いた話の継ぎ足しなのか、わからない。くらい我が家に沁み込んだ思い出。でも、その時にした不思議な体験のことは、体験した直後より、成長していくに従ってどんどん鮮明になっていき、その意味が考えられるようになった。

なんであんなことがオレの身に起きたのかは、今もわからない。

最初は、亡くなったじいちゃんがオレに見せたのかもしれない、と思った。大好きだったデパートで過ごした家族の記憶。でも、あの時見た光景には、じいちゃんの知らないここでの時間もたくさん流れていた。

あの天女の仕業なのかも、と疑った時期もある。デパートの中央、ここの守り神のように佇むあの天女像が、身内との別れを悲しむオレを哀れんで、不思議な力でオレに見せてくれたのかも、と。

不思議な時間に迷い込んでいたのは、確かなのだと思う。たとえば、オレをあの日に運んだエレベーター。七階のベビーカー売り場から歩いて行ったあそこのエレベーターは、他の階より天井が低いのか、上に階数の表示がない。今考えると、オレが見たと思ったのは、一階にある、全フロア中で一番装飾が凝ったデザインの扉だった。フロアを超えて、そこと七階が繋がっていたようなのだ。

あれから時を経て、小学三年生で初めて夏休みの自由研究の宿題が出た際、父さんとオレは、あの日の約束通り、ここでアンモナイトの観察をした。その時に、天女像を見上げながら――しっくりこない気もしたのだ。天女やじいちゃんがやった、というだけでは、どうにも納得できない、というか。あれ以来、オレは何度か三越に来ているけれど、不思議な体験はあれ一回限りだ。

どうして、あの日のオレにだけそんな奇跡が起きたのか。ずっと考えて――さらに時を経た今は、でも、違うのかも、と思っている。奇跡が起き、ここで思い出を見るのは、たぶん、オレだけじゃない。

普段は見えないだけで、歴史の長いこういう場所は、きっと、たくさんの人たちの思い出と一緒に、ここに建っている。明確に「見た」と思ったオレだけじゃなくて、今日だって、見知らぬ誰かが、ここで、いつかの何かの光景をたぶん、見ている。見せてもらっている。そう考えた方が、ずっと自然だ。

それとも、これだったりして。

廊下を歩く途中、「三越創業　三五〇周年」の文字が入ったポスターが見える。

そうかぁーと妙に腑に落ちる思いだ。ひょっとすると、今年が周年記念だから？　奇跡が起きたのは、当時五歳のオレにじゃなくて、今年、創業三五〇周年の年から見た、高校生になるオレの方だった？

さっき、「あの子」を見つけた、天女が見下ろせる吹き抜けの場所に、また出る。天女の背中も、アンモナイトのいる床の大理石も、各フロアが一望できる場所だ。そこにもう誰もいないのを確認して、一階の、天女の足元のホールに降りていく。

ひょっとしたら、今日なのかも――いや、そんなことが起こるわけない、そう思いながら吹き抜けに面した四階の手すりを辿り、行きついた先に、果たして、その子はいた。

当時の記憶にあるように、俯き、逃げ出したのは自分のくせに、戻れなかったらどうしよう、と不安につぶれそうになっていた、あの日のオレ。

記憶はもう、曖昧なところも多いけど、当時のその心細い気持ちだけはよく覚えている。大好きだったおじいちゃんと、もう二度と会えなくなるのが信じられなくて、どうしようもなかった、その悲しみのまっすぐさも。

今日、ここに来るまで、確証があったわけじゃなかったけど、でも、心のどこかでは知っていた気がする。あの日の自分に、いつか、オレは会いに行く日がくるんじゃないかって。そう思って、準備していた気がする。

きちんと、会えてよかった。

帰り道を示す以外、たいしたことができたとは思わない。できなくていいし、言わなくていいんだと思った。じいちゃんと別れたあの日からも、オレの時間は続くし、積み上がったものも、ちゃんとここにある。

祖父母が話していた――その記憶を見たと思った三越劇場は、ばあちゃんのお気に入りで、後から聞いたら、ばあちゃんは誰の、何の演目を観に行くためでもなく、「三越劇場に行く」という目的のために、毎回毎回、公演チラシをもらってきて、じいちゃんが元気だったころ、よく一緒にチケットを取っていたらしい。二人のどちらかが少しでも興味がある公演があれば、あの劇場に行きたいがために観に行く。俳優や演目ではなく、劇場のファンなのだ。普段、着物を着る機会がなかなかないけれど、観劇のためのお出かけであれば着物だって着られる。その祖母の趣味は今も現役で、自分の友達と行くこともあれば、母さんや七恵おばさんが誘われることもあって、時々は、オレも一緒に行く。

舞台の周りや、天井、張り出した二階席。美しく凝ったレリーフが取り囲む、重厚感のある劇場。舞台脇の柱にいるライオンは、三越の入口にあるあの有名なライオン像とはまた雰囲気が違うライオンで、「私はこの子の方が好き」とばあちゃんは言う。

あの日じいちゃんが言っていたように、いろんな建築様式のミックスだ。当時の大衆が憧れた「西洋文化」を再現しようとした職人の手で考案され、作られたものらしい。

「世界のどこでもない、ここにしかない劇場なの」

ばあちゃんが言うのを、オレも、観劇のお供の際に、何度か聞いた。

腕時計を見ると、そろそろ、母さんとの待ち合わせの時間が近づいていた。いつも、買い物の時には時間通り来たためしがないから、きっと今回も待たされるだろうけど——。

ふいに気配を感じて、振り向く。そして、あっと思った。

ポロシャツにハンチング帽、夏の装いの紳士と、一瞬——ほんの一瞬、肩が触れ合うほどの近さで今、すれ違った。微笑んで、オレを見ていた。

次の瞬間、目を凝らしても、そこには誰もいない。大理石に張りついてアンモナイトを探す夏までは、まだ季節も遠い。

だけど——。

「またね、おじいちゃん」

歌うように呟くと、声が周りの大理石の壁に小さく反響する。

傍から見たら意味不明な独り言だろうけど——日本橋三越は、そういうことを許してくれそうな、そういう特別な場所だから。だから、いいんだ。

言い聞かせるようにして、天井からの春の陽光が注ぐフロアを、オレは歩き出す。

Have a nice day!

伊坂幸太郎

◇

うちのお母さんがマルチの大活躍でごめんね。

エンドウさんと会話らしい会話をしたのは、中学三年のその時が初めてだった。小学校の時から何度か同じクラスになったことはある。私も彼女も言葉数少ない女子生徒、という共通点はあったものの、教室でほかの同級生たちとわいわいやることなくいつも本を読んでいるエンドウさんは、私がのちに、「孤高」という言葉を知った際に、「エンドウさんだな」と思い浮かべたように、まさに「孤高の存在」的で、少し奇異に、そして特別に見えた。だから学校帰りにばったり会ったタイミングで話しかけてもらえたことは嬉しかったが、「マルチの活躍」と「ごめんね」の繋がりが理解できず、「え」と聞き返した。

するとエンドウさんは背筋の伸びた綺麗な姿勢の、涼しい顔のまま、「お母さんがマルチ商法で、フジサキさんのお母さんにも迷惑をかけたでしょ」と言った。

「あ、そのマルチ」マルチの活躍、と言ったのは、エンドウさんなりの冗談だったらしく、当時は動揺でうまく笑えなかったが、二十代半ばとなった今から思うと、なかなか面白い言い回しで、さすがエンドウさんだなと感じた。

当時、母が唐突に、マルチ商法について解説してきたことがあった。ネズミ講と呼ばれる商法とマルチ商法の違いを話し、前者は違法、後者は違法ではないものの、絶対に手を出しちゃ駄目だよ友達をなくすからね、と刷り込むように話してきた。どうやら、保護者の一人がマルチ商法に夢中になり、抜け出せなくなり、中学校でたくさんの人を勧誘して問題になっているらしいとは分かったが、誰の親なのかは、それまで知らなかった。

「マルチって違法じゃないんでしょ」私が言うとエンドウさんは表情を変えず、というよりも彼女はいつも感情を表に出さなかったのだけれど、「人を不幸にするかどうかは、違法かどうかとあまり関係ないからね」と答えた。

「冷静だね、エンドウさん」

「冷静なふりでもしていないとやっていられないよ。うち、お金なくて大変。電気もしょっちゅう止まるし、わたし、下着二セットしかないし。あ、お母さんのせいというより、もともとはお父さんのせいね。会社のお金を使いこんじゃって、お母さんはそれをどうにかしたくて、頑張り方を間違えた」

台風情報を伝えるかのような、たとえば、「強い台風十一号は沖縄の南にあって、一時間におよそ十五キロの速さで西へ進んでいます。中心の気圧は九百八十ヘクトパスカル、中心付近の最大風速は三十五メートル、最大瞬間風速は五十メートルで」といった詳細情報を淡々と口にするかのようだったから、私はショックを感じなかった。少しして、じわじわと、いつも学校では落ち着き払っているエンドウさんが家ではそんなに大変なことになっているとは、と実感し、何と言葉を口にしたらいいかと悩んだ。今なら、無理をして気の利いたことを喋ろうとするとろくなことにならないと経験上知っているが、中学生だった私は悩んだ末に、「だけど、ネズミ講があるなら、ネコ講があってもいいよね」と言っていた。

エンドウさんが無表情ながら、少し驚いた気配は伝わった。「ネコ講？」

「そうネコ講」深い意味もなく言っただけだった。「ねここう」という音が、もどかしいほどに発声しにくくて自分で笑ってしまう。

「ネコ講って、どういうビジネスなの。ネズミ講は、ネズミが子供を産んで倍々に増えていくから言われているんでしょ」

「ネコはほら、気ままで、のんびりしているから」今、思い付きででっち上げただけであるから、喋りながら答えを探した。

「みんなで気ままに、ほどほどに頑張って、お金を増やしましょう、ってこと？」

「そうそう」エンドウさんに向け、指を振った。「ネコは自由だから、勧誘とかも意味ない」

「いいなあ、ネコ講。そっちがいいなあ」無表情ながらも羨むような言い方だったものだから、想像以上にエンドウさん大変なんだなと思った。

その時から、エンドウさんとは学校帰りに喋るようになった。

◇

その頃の私は重圧を感じていた。高校受験の重圧だ。宮城県内一の公立進学校に楽々と合格し、そのまま国内一と言われる国立大にストレートで入り、両親の誉《ほま》れとなっている姉がいたために、自分もそうならなくてはいけない、そうなることは無理でも少しでも近づく努力をしなくてはならない、と誰と確約したわけでもないのに、心のどこかで感じていたのだろう。「おまえはおまえらしく生きればいいんだからね」と優しく声をかけてくる母の本心がどこにあるのか、「本当は姉同様に、自慢できる娘になってほしいのではないか」と勘繰っているところもあった。

担任の数学教師、田中《たなか》先生は生徒に関心があるのかないのか、二十代だが、若々しさよりも、しおれている印象が強い。意地悪なところはなく、嫌な先生とは違ったが、生真面目な、よそよそしい話し方で、何をしゃべっても事務連絡にしか聞こえない。おまけに声も小さい。どこまで生徒を気にかけているのかも分かりにくく、相談する気にもならなかった。

私は必死に塾に通い、家では深夜まで勉強をし、寝不足のせいもあったのかもしれない、秋が過ぎたあたりで無理がたたり音を上げた。

エンドウさんと学校帰りで歩いている時だ。よく覚えているのだが、その時は二人で、「Have a nice day!」に関して、話をしていた。

「あれって、命令形なのかな?」「どうだろう」「テキスト見ていると、接客業の挨拶とかにも出てくるんだよね。買い物してくれたお客さんに。さようなら、というよりも、良い一日を! のほうがいい感じはするけれど」とエンドウさんは言った。

「でも、命令形だとするとちょっとプレッシャーかも。良い一日にしろ! って言われても」

「良い一日になりますように、ってことなのかな。主語とか省略されているだけで」

「そうかも」エンドウさんは言うと、わざと命令口調になり、「Have a nice day!」と私を指差した。

撃ち返すかのように私も、彼女に人差し指を突き出し、「Have a nice day!」と言い返し、しばらく二人でガンマンの撃ち合いよろしく、「Have a nice day!」「良い一日になれ！」と指鉄砲を揺らしていたが、少しするとエンドウさんが、「あれ？ 当たっちゃった？」と真面目な表情で訊ねてきた。

当たった？ 銃弾が？ と思ったところ、「何で泣いているの」と言われ、自分の目から涙がこぼれていることに気づいた。

どうして泣いてしまっているのか、と私は動揺する。エンドウさんは意外に落ち着き払っていて、近くのコンビニエンスストアのイートインスペースに私を連れて行くとソフトクリームを奢ってくれ、優しい言葉をかけてくれるわけでもなければ、質問をしてくるわけでもなく、黙って横にいた。

涙が止まった私は気まずさを覚え、「たぶん」と口を開いていた。悩みを聞いてほしかったというよりは、ソフトクリーム代くらいは話題を提供しなくてはいけないと判断していたのかもしれない。何しろエンドウさんの家はお金で苦労している。私が代金を払うと言っても彼女は頑なに断ってきた。「たぶん、受験が心配なんだと思う。勉強、自信がないし。今、定期テストの勉強も重なってるでしょ。やらなくちゃいけないことでいっぱいいっぱいだし。志望校下げようかな」「まあ、それもいいよね」「やっぱり、いい学校に行ったほうがいいのかな」「どうかなあ」

ああだこうだと煮え切らない、弱音とも愚痴ともつかない話をする私の相手を、エンドウさんは怒りも呆れもせずにしてくれた。

「ちなみにうちのお母さん、一流大学出てるんだよ。ずっと優秀だったんだって。見た目も良くて、若いころモテたみたい」

「すごい」

「だけどほら、今やマルチの女になってるんだから。人生分からないよ。ただまあ、今からいろいろ考えたってしょうがないし、やれることやるしかないよ」

励まされているのは分かったから、私は感謝する。「夜になると、気持ちが塞《ふさ》いじゃうんだよね。空がどんどん暗くなって、黒い影が私に襲い掛かってくるみたい。体に入って、中から全身に広がって。頭の中、脳がどんどん小さく、重くなっていくような感じ」

「あのさ、三越のライオン、知ってる？」

そこであのライオンの話になったのだ。なぜ急に？　と思いつつ、「ライオンって、あの銅像みたいなやつ？」と言った。

仙台駅の西口方面には、東西に走る大通りが三つあり、北から、「定禅寺《じょうぜんじ》通り」「広瀬通り」「青葉通り」と名前がついている。その定禅寺通りを駅側の端から十分ほど歩いたあたり、大きな交差点の角に百貨店「三越」があった。建物は二つあり、定禅寺通りにくっつく角に建つほうが「定禅寺通り館」で、そこと連絡通路でつながった南側が「本館」だった。本館側のアーケード通りに面した入口に、ライオン像があったはずだ。

「あれに跨《また》ると夢が叶うんだって」

ライオンに跨る？「跨る」に方言的な言い回しがあるのかとも思った。

エンドウさんは携帯端末でインターネット検索を始めた。「背に跨ると願いがかなう、という必勝祈願の言い伝えがある。そう書いてあるよ。都市伝説的なものかと思ったら、日本橋本店のライオン像の看板に書いてあるんだって。公式お墨付きだ」

「そうなの？」

「ただ、誰かに見られちゃったら駄目らしい」

「え」「そういうことになっているんだって」

ライオン像に跨る自分を想像すれば、じろじろと訝《いぶか》るように視線を向けてくる通行人もセットで思い浮かぶ。「そんなの無理なんじゃ」

「夜とかどうかな」「夜？」

「店が閉まった後とか。たとえば、夜の一時とか」

いつもならとっくに眠っている時間帯だ。その時間に外出したことなどなかった。未知なる、非日常的な体験に心が浮き立つ。が、現実には容易ではない。その時間に家から外出する理由が用意できない。両親が寝ている間にこっそりと、という作戦も可能だが、失敗した時のことを考えると恐ろしい。

「だけど、シャッター閉まっちゃってるかもね。三越が閉店の時、シャッター閉めるでしょ。ライオン像もその内側にいるんだったら、深夜は無理」エンドウさんが言った。

「ライオンは外にいるんじゃないのかな」「どうだろう。防犯的にはシャッターの内側に入れておきたいよね」

もちろんその場で言い合っても答えは出ない。二人で携帯端末を使い、ネット検索もしてみたが、「閉店後の三越で、ライオンは外にいるのか中にいるのか問題」の「正解」には辿り着かなかった。

「どちらにしても、深夜には家から出られないかも」私が言うと、エンドウさんは、

「じゃあ、閉店間際に行ってみよう」と言った。「十九時半閉店らしいから、その少し前。空いていれば、誰にも見られずやれるかも」

友達が一番町で親と待ち合わせをしているらしくて、それまで一人でいるのが心配だから一緒にいてあげてもいいかな。

両親に嘘をつくのにそれほど後ろめたさはなかった。塾の自習室に行く、であるとか別の口実を口にしても良かったかもしれないが、携帯端末の位置情報を調べられれば、街中にいるのはばれてしまう。居場所に関しては偽らないほうがいいと判断した。

◇

冬が近く、夜の七時ともなると細い道はだいぶ暗かったが、定禅寺通りは街路灯が綺麗に光り、三越のあるアーケード通りもいくつもの店が営業しているため、かなり明るかった。

三越本館の前にはエンドウさんがすでに待っていてくれて、その姿を見つけた時、遠くに投げたボールを友達がキャッチし、投げ返してくれたかのような心地良さを覚えた。二人きりの秘密の約束事に興奮し、飼い主に飛びつく犬のようにエンドウさんの前に駆け寄った。

三越の正面入り口には藍色の暖簾《のれん》がかかっていて、丸印に「越」と描かれている。

「ライオンって二頭いたんだね」

三越本館のエントランス部分はかなり広かった。自動ドアを含め、何枚もガラス扉があり、その左右の端にライオン像の台座がある。空きスペースに無理やり設置した、というよりも、わざわざライオン像用に確保された空間に見える。その贅沢さ、特別扱いに気を許すかのようにライオン像の顔は口を開き、穏やかな笑みを浮かべていた。

黒光りした体に触れると、ごつごつと筋肉のような硬さがあり、ひんやりとしている。

「三越のライオン像って、もともとイギリスの広場にあったのを真似てるんだって」エンドウさんが携帯端末を見て、読み上げるようにした。インターネット検索をしていたらしい。「創業時の支配人が、イギリスのデパートに視察に行った時、ロンドンのトラファルガー広場の四頭の獅子像を見て、こういうシンボルが欲しいな、と思って作った、と」

「欲しいな、と思えば、作れちゃうものなのかな」

「イギリスの彫刻家と鋳造師に依頼して三年かかったらしいけど」

「いつくらいの話？」「一九一四年」「結構、昔だ。第一次世界大戦の始まった年？」

過去の歴史の話から、「世界史の勉強」を連想し、受験のことを思い出す。

頭を、「不安」をまとった黒い巨大な影が覆ってくる気分だ。

ライオン像に近づくと、近くに看板はあったが、「必勝祈願云々」の説明はなかった。

「書いてあるのは日本橋店だけなのかな」と隣にエンドウさんも立った。携帯端末に表示させた、日本橋本店のものと思しきライオン像の画像をこちらに向けてくる。画像のライオンと、目の前のライオンとでは大きさや顔つきがずいぶん違う。「日本橋のは貫禄がある。本家の風格が」エンドウさんは言った後で、前に置かれたライオン像に気を使ったのか、「こっちのは次世代の可愛らしさが」と付け足した。

左側にいるもう一頭のライオン像もチェックし、また戻ってくる。

「『誰にも見られずに』という部分が厄介だよね。これだけ人がいると、まず無理だから」

周囲を見渡した。予想はしていたが、アーケード通りにはかなりの人が行き交っている。学生の集団や、早足で進むスーツ姿の男女もいた。そもそもが、三越はまだ営業中なのだ。ちらっと覗くだけでも店員が働いている。

難易度が高い。今さらながら気づいた。これ、不可能なミッションなのでは？

その時、どこから現われたのか、黒ずくめの成人男性が近くに来た。「こんな時間に中学生が何をしているんですか」と言うものだから、跳び上がりかけた。

見つかった！　しまった、補導される！　肚に冷え冷えとした風が吹いた。

きっちりとしたスーツ姿の、中肉中背の男性でぱっと顔を見ると、力強い眉と鋭い目つきが、不正は一切許さない生真面目さを漂わせており、いつもむすっとし、笑顔を全く見せない担任の田中先生のような人だぞ、と身構えたところ、驚くことに、田中先生本人だった。

◇

「エンドウさんとフジサキさん、何をやっているんですか」

「まだ早い時間ですよ。補導されるのって、夜の十一時とかじゃなかったでしたっけ」

エンドウさんは淡々と言い返す。「先生こそ、こんな時間にこんな場所で何をやっているんですか」

「こんな時間でも、こんな場所でもないですよ」田中先生は表情を変えない。

先生が私たちに悪印象を持ったらどうしよう、と心配が過《よ》ぎった。高校受験には内申点なるものが必要で、受験生だというのに夜の買い物を楽しんでいる不届き者、とマイナス評価をつけられてしまうかもしれない。ああ無情、と嘆きながらその場に膝をつきたくなる。

「先生、聞いてください」エンドウさんが手を前に出す。罰する前に話を、事情を聞いてくれ、と懇願するかのようだ。

「聞いていますよ」

「わたしたち、買い物に来たわけでも喫茶店に来たわけでもないんですよ。ライオンに縋《すが》りたかっただけなんです」

田中先生が少し目を見開くのが分かった。さすがに予想外の説明だったのかもしれない。「ライオンに縋る？　慣用句ですか？」

「三越のライオン像です」

あれです、と私は体を半身にし、後方のライオン像を指差した。

「あれが、ライオン像なのは知っています」

そこからエンドウさんは、私たちがここに来た理由を早口で説明した。唯一の嘘は、「受験勉強のプレッシャーに耐えられなくて」の主語を、「フジサキさん」ではなく「わたしたち」にしてくれた点だけで、あとは正直に話した。

田中先生はしばらく無言だった。その場で携帯端末を操作しはじめる。やがて、「書いてありますね」と言った。「三越のライオン像に跨ると願いが叶う」

「そうですそうです」私は語調を強めた。「苦しい時の神頼み。だから、ここに来たところです」

「三越のライオン像の歴史、なかなか面白いですね」田中先生はいつもの、事務連絡口調だったものの、声のトーンが変わったようだったから、少し意外に感じた。あれ、と私が顔を上げると隣のエンドウさんも、田中先生の反応を観察する顔になっている。

「日本橋本店のライオン像は、太平洋戦争の時、海軍に接収《せっしゅう》されているんですね」

「何ですかそれ」

「戦争で、物資とか金属が足りないから、と国があちこちから集めたんですよ。溶かして何かに使おうということでしょうね。仙台の政宗像だって供出させられたんですよ」

「そんなの意味あるんですか？」

「戦争というのはたぶん、そういうことなんでしょう」

そういうこととはどういうこと？　とは私は聞き返さない。戦争とはそういうものなのだ、と私にもうっすら理解できた。

「その頃に三越のライオン像も供出したんだそうです。自主的に提供したかったのか、それとも提供しないわけにはいかないムードだったのかは分かりませんが」

「じゃあ、今、日本橋にいるのは二代目？」

「いえ、結局、ライオン像は使われなかったようですね。戦争が終わって、神社に放っておかれていたのを、三越の社員がたまたま見つけて、で、戻ってきたようです」

「へえ、先生、よく知っていますね」

エンドウさんの言葉に、田中先生がふっと息を吐く。「今、インターネットの情報を読んでいるだけじゃないですか。でも、見つけた時の社員はびっくりしたでしょうね。あのライオンがこんなところに、と」

確かに、と私は相槌を打つ。若い社員がライオン像と抱き合い、予想外の再会に感動して泣いている場面を思い描いている。

「それ、あれですか。タロとジロが帰ってきたやつ」

エンドウさんが言うと田中先生が、「それは違う話ですよ」と真面目な顔で指摘するため、私は笑った。エンドウさんは、南極観測隊の犬たちと戦時中の出来事をごちゃまぜにしてしまうのは両方にとって失礼な話だったと、律儀に反省していた。

「状況は分かりました」田中先生は言う。「それでは」

それでは判決を下す。裁判官が神妙に宣言するかのようで私は肩をすぼめた。

「それでは、私は見ないでおきますから、跨ってください」

「え」

「誰にも見られちゃいけないんですよね」

「いいんですか？」

「エンドウさんが言っていたように、この時間に出歩くことは悪いことではありませんよ。受験シーズン中に街に来てはいけないルールもないんですから。私が咎《とが》めることではないです」

「ですよね！」エンドウさんが大きくうなずく。「あ、だけど先生、そんなに簡単じゃないんですよ」

「何がですか」

「誰にも見られないように、って難易度高くて」

田中先生はゆっくりと首を左右に振った。周囲の人通りを見て、三越の正面入り口を眺めた後で納得したように、「確かに、人通りはありますね」と洩らした。

「でしょ」

「だけど、絶対無理ということもないのかもしれません」

「そうですか？　先生ならどうします？」

「たとえば」田中先生はどこからか、警棒のようなものを出した。何かと思えば、折り畳み傘だ。「これはどうですか。これを開いて、ライオン像に乗っているところを見られないようにすればいいかもしれません。物理的に目隠しを作るんです」

「あ、確かに」私はうなずく。「傘を見られる分には大丈夫ってことですね」

「だけど、こんなに人がいると角度によっては見られちゃうかも」

「それなら、私が反対側で少し注意を惹き付けてもいいですよ」

「え」

「先生、そんなことできるんですか」

「やったことはないですよ。注意を惹き付けたことなんて。注目されて生きてきた人間でもないですし」

「はあ」

「だけど、やってみますよ。十九時半には三越が閉まりますよね。急いだほうがいいです。チャンスを見つけて、ライオンに乗ればいいですよ」

田中先生は折り畳み傘をエンドウさんに押しつけ、自分はアーケード通りの反対側に移動していった。

私はエンドウさんと顔を見合わせる。やるしかない。ライオン像の台座横にしゃがんだ。エンドウさんは前に立ち、傘を広げた。白い生地のせいか、それほど目立たない。

アーケード通りの向かいの、雑貨店の前に田中先生が見えた。どうするつもりなのか、と思っているとすっと息を吸い、高い声を出した。甲高く、汽笛のような長い音だ。通行人たちがぱっとそちらを見た。

先生は右手を高く上げ、歌いはじめた。背広を着た、真面目そうな大人が唐突に歌い出したものだから、周囲の人は対応に困っている。先生は目を閉じているのか、マイペースな様子で、自分の右手を振りながら自由自在に、ゆったりとしたメロディを歌っている。

私はライオン像の台座に手をかけ、攀《よ》じ登れるかどうか、動作について想像した。容易ではなさそうだが、どうにもならないわけでもない。部活を引退したとはいえ、筋力はまだ残っているはずだ。

先生の歌は、はじめは言葉というよりも音に近かったが、だんだんと歌詞めいたものが把握できてくる。外国語なのか、言葉がつかめるようでいてつかめない。人が集まりはじめた。

「今、いけるかも」エンドウさんが言った。

地面を蹴り、台座に攀じ登る。両手を突き、一気に体を持ち上げた。迷っている暇もない。脚をさっと広げ、ライオンの背に乗った。ちらっと顔を上げると目の前がアーケード通りだ。身を屈め、目立たないようにする。恥ずかしくなるが、傘を広げたエンドウさんが、こちらを守る番人さながら、背中を向けて立っていてくれる姿が心強かった。

ライオンの背に座った。恥ずかしさを感じている余裕はない。念じる。受験がうまくいきますように。

震動を感じた。微かに、だけどしっかりと重い音が伝わってくる。耳を通じてではなく、下のほうから、台座から音が響く感覚だ。ぎょっとし、目を閉じる。

あとでエンドウさんに教えてもらったところ、私がライオン像に乗っていたその時間はとても短かったらしい。十秒か二十秒か。ただ私からすると、もっと長い映像を見せられた感覚だった。

二つの場面だ。

まず空が見えた。青空に、黒々とした雲が蠢《うごめ》いている。雲がそのように生き物めいた動きをするわけがないから、これが現実のものではないのは分かった。

その黒い影が急降下をはじめる。

空から地上に向けて、迷いもなければ容赦もない、猛スピードで滑降していく。巨大なのは、建物の前を通過した様子で分かる。横切ると、建物全体が隠れるのだ。黒影はまた空に上昇するが、少しすると獲物を見つけたかのように下降し、公園の脇の大きな樹に激突し、破壊した。私は息もできず、それを見つめる。

ずいぶん茫然としている感覚があった。しばらくすると大きな黒影は縦横無尽に飛び回り、広場にいる人間に狙いを定め、突進していく。

助けて、と声を上げかけたが、喉が固まっているのか動かない。建物最上階の壁に設置されている時計が見えた。「15」と表示があり、その下には「12：34」と数字が光っている。

ぱっと別の光景に切り替わった。

また青空だが、今度は見晴らしがいい場所だった。

赤い箱、人、空やビルが見えた。女性の背中がある。手を叩く音がした。どこ？ と思った時にはそれが掻き消える。

びくんとなって、目を開くことができた。

ぼんやりとしたまま、私はライオンの背中から腰を上げ、台座から降りる。

「あれ、もう終わったの？ お祈りできた？」エンドウさんが振り返る。

私はうなずく。体が震えており、言葉はなかなか出てこない。

「どうしたの。何かあったの？」

自分でも事態がよく分かっていなかった。「頭に」

「頭に？」

「見えた」「何が」「景色、というか。ライオン像の背中に座った途端にぱっと」

エンドウさんは傘を畳みながら、アーケード通りの向こう岸にいる田中先生に手を振り、呼んだ。

◇

「まず、黒い雲みたいなものが人を襲う場面が見えて」

アーケード通りには間隔を開け、樹が植えられ、それを取り囲む形でベンチが用意されているため、そこに腰かけ、私は二人に自分がライオン像に跨った時に見たものについて話した。

「黒い雲ですか」「大きい影みたいな」「何だろう、それ」

分からない、と私は首を振るしかない。

「次に見えたのは、もう少し明るい場面。人の背中があって。女性。大人の」

「フジサキさんの知ってる人ですか？」田中先生の淡々とした問いかけは、私を落ち着かせてくれた。

「背中だけしか把握できなかったんですけど、たぶん知らない人です。あと赤い箱みたいなのがあって」これくらいの、と自分がおなかの前で抱えられる大きさを手で示した。

「その前で女の人が手を叩いて」

　話すにつれ、じんわりと「状景」がはっきりしてくる。

「手を叩くって、拍手みたいな感じかな」

「あ、神社かも」唐突に私は閃《ひらめ》いた。

「神社？」

「赤い箱が祠《ほこら》で、まわりの雰囲気も神社っぽかったから」

「神社なら手を叩くもんね」エンドウさんがそこで、ぱんぱん、と両手を叩いてみせた。

「フジサキさんの記憶じゃないですか。お母さんの後ろ姿だったとか」

「高いブランドのバッグを持っていたから違うと思います」ファッションに疎《うと》い私ですら知っている、有名ブランドのマークがあった。

「そんなものまで見えたの？」

　言われてから、「そんなものまで見えていたんだな」と自分でも思った。「服は意外に軽装だったかもしれない。フードのついた白いカジュアルな」

　話せば話すほど、そこに焦点が当たり、記憶の場面が拡大される。人物の身に着けていたものも把握できた。右手の袖のところから、時計も見えた。シンプルなデザインで、黒い文字盤だ。果たして高い物なのかどうかは分からない。

「それが見えたの？」「うん」「何なんだろう」

「先生、黒い影が襲ってくる場面と、神社の参拝。これ、どういう意味なんですかね」田中先生は動かなかった。電池が切れたかのようで、やっぱり先生は人ではなく機械だったのかと納得しかけたが、私の問いかけについて考えてくれていたらしく、ほどなく、「意味があるのかどうかも分かりませんね」と答えた。「たまたま、フジサキさんの頭に、何かの記憶が溢《あふ》れたのかもしれません」

「あの」私はふと思いついたことを口に出す。

「何ですか」

「あの、最初に見えたのは、私の深層心理みたいなものじゃないですかね」

田中先生の目が、眼鏡の奥で光った。「なるほど」と言ってくれる。「ありえますね」エンドウさんも、「わたしもそう思った」と言ってくれる。

黒々とした不気味な影、もやもやとした巨大な波は、現実に存在するものとは思いにくかった。だとしたら、私が抱えている、受験や将来に対する不安を形にしたものではないか。そう捉えるほうが辻褄が合うように感じた。空中を高速で飛び回る、黒い影が人々に襲い掛かるのは、不安が私を覆う比喩に違いない、と。

「建物の時計が、12：34でした」

「いかにも、ダミーデータです、という数値ですね。日付を表す15のほうは、フジサキさんが今十五歳だからかもしれません」

田中先生の推察に、私とエンドウさんは、「当たっているかも」と感心した。「先生、鋭いですよ」と。

「神社に参拝する場面はどういう意味なんでしょうね」

「それはほら」エンドウさんが声を高くした。「その不安を取り除きたければ、こうしなさい、という指示じゃないですか」

「ああ」

「願いを叶えてほしければ、このようにやりなさいって、教えてくれている。祠のところで、お参りしなさい、って」

「神社に行って、お祈りしろってことかな」

「なるほど」

「先生、本当に信じているんですか？」

「何をですか」

「ライオン像に跨れば願いが叶うって。そういうこと信じなそうなのに」

「私をどういう人間だと思っていたんですか」田中先生は言うが、言葉ほど不本意そうでもなかった。「ただ、もし、ライオン像に乗るとその人の深層心理が見えるようなことがあるのなら」

「あ、先生も乗ってみますか？」私が訊くと、「遠慮しておきます」と即答された。

「見えたらどうなんですか、先生」

「戦争の時も同じようなことがあったのかもしれませんね」「戦争？」

「国に接収されたライオン像に誰かが、ふざけ半分に跨ったのかもしれません。すると何か、恐ろしい場面が見えたんじゃないでしょうか。その人の抱えている心配事や悩みが、何かしらの場面として。だから怖がられ、溶かされず、放置されていたのではないでしょうか」

「ありますかね」

「どうでしょう。それで、どうします」「何がですか」「神社です。参拝するんですか？」

「そりゃあ」エンドウさんが私に目を向けた。「やるしかないよね。でもさ先生、参拝するのはどこの神社でもいいんですかね。それとも、特定のこの神社に参拝しろということなんですか」

「フジサキさん、どこの神社かは見えましたか？」先生が私を見てくる。

かぶりを振る。ただ、景色は思い出せる。「ええと、どこか高い場所だったかもしれません」

「高い？」

「空が近かったんです。向こうにビルが見えたんですけど、視線の先が高層階で。だから、たぶん屋上かと思うんです。屋上で拝んでいる場面でした」

「屋上に神社？　そんなところある？　それもまた現実の場面じゃなくて、何かの比喩とか、深層心理の表現なのかな」

「いえ」田中先生が言う。「屋上に神社、ありますよ」

「屋上に神社？　ほんと？　先生、それ、どこの屋上ですか」私が訊ねると、先生は人差し指を斜め上に向けた。

アーケード通りの屋根に神社があるわけがない。馬鹿にしているのかと思いかけたがすぐに、「屋上です。そこの三越の屋上の」と答えてくる。

「三越の屋上に？」

「三囲《みめぐり》神社ですよ」

「何ですかそれ」

「三越は江戸時代の商人の三井《みつい》さんがはじめた呉服店が始まりです」「それと神社がどう関係が」「三囲神社の『三囲』って漢字が、三井を囲んでいるように見えませんか？

だから、三井家が守護社にしたらしいんですよね」

ふうん、とエンドウさんは関心がなさそうな返事をしたが、私には興味深く、百貨店の屋上に神社があることが新鮮に感じられた。「先生、そこで拝めばいいんですかね」

「私は、三越の屋上に神社があります、と言っただけです」

「じゃあ行こうよ」とエンドウさんが私を見た。

「え、今から？」三越は営業時間を過ぎ、「我関せず」と言わんばかりにシャッターを閉めていた。予想していた通り、ライオン像も中に隠れてしまっている。

「店が開いている時に、またトライするしかないかもしれませんね」

「仕方ないかな」

ううん、と私は考えてしまうが、はたと思い出し、「先生、それにしても歌、上手かったですね」と口にした。それは言っておかなくてはならない。

「ああ」田中先生はすでにそのことを忘れていたかのようだ。「歌は嫌いじゃないんですよ。声楽の勉強をしていましたし」

「声楽！」

「先生、教室では声小さいですよね」

「ＴＰＯを弁《わきま》えているんです」

「授業、盛り上がりそうですけど」「盛り上がりはいりません」

先ほどの、街頭で堂々と、恥ずかしさやためらいを見せることなく、伸び伸びと歌っていた田中先生の姿を思い返す。いつも学校で見ている先生とは印象がまるで違う。どちらが本当の先生なのか、どちらも本当なのか、と考える。

「そう言えば、あれ、何語の歌だったんですか？」

「あれは」田中先生は表情を変えない。「数式を口にしただけですよ」

「え」

「数学がはじめて、役に立ちましたね」「はあ」

◇

手の平同士をぶつけ、ぱんぱん、という音を鳴らした後で今度は手を合わせ、頭を少し下げた。目を瞑《つむ》る。受験、うまくいきますように。

周囲を見る。赤い祠の前だ。空は青く、千切れた白い雲がちらほら浮いている。

「屋上に神社ってすごいよね」横にいるエンドウさんが首を振り、空を眺めながら言った。

私もうなずく。ライオン像に跨った、その週末だ。

屋上には誰もいなかった。この三越のエレベーターで屋上まで上がれることを知らない人も多いのだろう。

「これで一応やることやったのかな」「そうだね。これでもう受験はもらったも同然」と軽口を言い合い、するとそこに来て不意に、「私たち、いったい何を一生懸命、こんなことをやっているんだろう」という思いが湧いた。ようやく我に返ったと言うべきだったのかもしれない。今さらながらに恥ずかしくなる。参拝に来ている時間があるならば、英単語の一つでも覚えたほうが良かったのでは？

「フジサキさんがライオン像に跨った時に見えた景色は、ここの神社で合っていますか？」先生が訊ねてきた。

田中先生がどうしてついてくることになったのか、今となってはよく覚えていない。「週末に三囲神社に行こう」となった際、話の流れ上、「乗りかかった舟」ならぬ「すでに乗ってもらっちゃった舟」という気持ちで、「先生も来てくれますか？」と声をかけた可能性はある。本当に来てくれるとは思わなかった。

「先生がここだと言ったんじゃないですか」

「そうなんですが、その時にフジサキさんが見た光景と、ここが本当に一致するかどうか知っておいたほうがいいかと思いまして」

ライオンの背で見たあの「状景」はまだ記憶に残っていた。

女性がブランド物のバッグを持ち、手を合わせている。可愛らしい赤い祠、立て看板、向こう側に見えるビルの壁、周囲の空が見渡せていた。

目の前の赤い祠と鳥居を眺める。周囲も見回す。「同じだと思います。まったく一緒かどうかまでは分からないですけど、あの壁とか、あっちの柵とか」

目を閉じて開く、を何度か繰り返した。

「そうでしたか。それなら、いいのですが」

「ここに決まってますよ。屋上の神社なんて、ほかにあるわけないんだから」エンドウさんが主張した。

「いえ、それが」田中先生が言いにくそうながら口にする。「ほかにもあるらしいんですよ」

「ほかにも？」

「あ、それって全国の三越ですよね？」先日、先生から三囲神社の存在を教えてもらった後、インターネットの情報で、三越と三囲神社の関係について調べたばかりだった。ほかの県の三越の屋上にもやはり神社はある。

田中先生は首を左右に振った。「違うんです。この仙台の街中に、です。しかも、すぐ近くに。ここのほかに二つあるんですよ」

「近くに、二つ？」

「私も昨日、奥さんに聞いて初めて知ったんですが」「先生、結婚しているんですか？」

「していますよ」「知りませんでした」

「隠しているわけじゃありませんよ。みんな、興味がないだけじゃないでしょうか」

「確かに」とエンドウさんが答えているのが、私は可笑しかった。

「娘もいます。五歳の」

「え、先生、休みの日に何やってるんですか。家族と過ごさないと駄目ですよ」驚きながら私が言うと、エンドウさんが、初めて聞く哲学を耳にするかのような顔でこちらを見た。

「フジサキさんとエンドウさんのライオン像の話をしたところ、奥さんが気になってしまったんですよ。面白がっているんです。ぜひ、行ってこい、と」

指示を出されたロボットが、どうしてここに来たのかを喋っている様子に思えた。

「奥さん、娘と一緒に来て、今はそこらでドーナッツを食べたり、公園を散歩したりしていますよ。それで、です。彼女が教えてくれたんです。仙台のこのあたりには、屋上に神社がある場所が三ヵ所ある、と。慌てて、ネット検索したら確かにその通りでした」

私は空に視線を向け、三百六十度を確かめるように首を回す。

「一つは百貨店の藤崎《ふじさき》です」

自分の苗字が呼ばれたのかとぎょっとしたが、仙台の老舗百貨店の名前だと気づく。青葉通りに面した「藤崎」だ。創業二百年といったコピーをずいぶん前に見た記憶があった。

「えびす神社があります」

「えびすって、七福神の？」

「藤崎の創業時からのマークにも、えびす様の『エ』が入ってるようです」

「藤崎の屋上に神社が」

「二つ目は、仙台フォーラスの屋上ですね」「え、フォーラス？」

広瀬通り沿いに立つ、ファッションビルだ。さまざまなブランドショップが入っており、地下には食堂やライブハウスがあり、一九九〇年代から二〇〇〇年代まで東北地方の若者が高速バスでやってくる、市街地のシンボル的な存在だったが、建物の老朽化調査のため、しばらく営業休止しており、つい最近、リニューアルオープンをしたばかりだった。

「フォーラスの屋上には、伊達政宗の家臣、山家清兵衛《やんべせいべえ》を祀《まつ》った、和霊《われい》神社があるんですよ。あの辺は、たしか、山家さんの土地でしたから」

山家さんと言われると近所の気のいいおじさんに思えたが、もちろん私は詳しくは知らない。

地図を空で描いた。仙台駅から西に伸びる三つの大通りの一番北の「定禅寺通り」沿いに「三越」が、真ん中の「広瀬通り」沿いに「仙台フォーラス」が、三本目の横線「青葉通り」には「藤崎」が存在している。しかもその三つの建物自体が、南北を走る東一番丁通りに近いため、三つを繋げば縦線になる。三越から仙台フォーラスまでが四百メートルほど離れており、仙台フォーラスから藤崎までの距離も同じくらい、四百メートルくらいだろう。

「三つの別々の建物の屋上に神社があるって、何だか不思議ですね」

「偶然なんでしょうが、興味深いです」

「三つも」

「だから、ほかの神社の可能性もあるってことですか？」

「でも、三越のライオンの出す指示なんだから、素直に考えれば、三越の屋上だよ」エンドウさんの言葉に、私も同意する。実は三越ではなく別のビルの屋上でした、とひっかけ問題を投げかけてくるとは思いにくい。

「ライオン像は、お願い事をしてくる人間の本気度を試そうとしているのかもしれませんよ。どこまで自分のメッセージをちゃんと受けとめているのか」

「どういう意味ですか」

「ライオンに跨って、受験がうまくいきますように、とお祈りした中学生がたまたまついでに、屋上の三囲神社に参拝に行くことだってありえます」

「ありますかね」

「可能性としては」

「別にいいじゃないですか、それでも」

「私がライオンだったら、自分の出したお題を理解して、正確に実行した人の願いを叶えてあげたいです。たまたまクリアしました、なんてことではなく。頑張った人に、良い報いがあってほしいですから」

「先生がライオンじゃなくて良かったですよ」

田中先生に対等な態度で言い返しているエンドウさんに私は圧倒されつつも、悩んでいた。私の頭の中にある「状景」は、この三越屋上のものと重なり合っていた。ただ、この近隣のビルの屋上に神社がある場所が三つもあるとは知らなかった。

「じゃあ、一応、ほかの二ヵ所も行こうか」「行ってみますか？」

エンドウさんと田中先生が同時に言った。

「え、行ってくれるんですか」

というわけで私たちは、三越の屋上から降り、残りの二ヵ所の神社に向かうことになった。

田中先生はわざわざ同行してくれなくていいですよ、ご家族のところに戻ってください、と私は主張したが、どういうわけか、田中先生のご家族のほうがこちらに合流することになった。

「一緒に行ってもいいの？」とはしゃぐ田中先生の奥さんは快活明朗、表情豊かな楽しい方で、田中先生とは正反対の雰囲気があった。

五人で東一番丁通りを南下し、仙台フォーラスに向かう。こちらは受付で事情を話した上で警備員に付き添ってもらわなくてはならなかったが、エレベーターで屋上に行くと確かにそこには、「和霊神社」の鳥居があった。手を合わせ、その後で今度はさらに南方向に進み、青葉通りの藤崎のえびす神社を目指した。

そしてもちろん、と言うべきだろうか、藤崎の屋上に出ると、えびす神社があった。

実際に行ってみれば、私がライオン像の上で見た場所は、三越屋上のものだと判明した。ほかの二ヵ所は鳥居の色が異なっていたし、赤い祠もなかった。参拝する場所から見える光景も、明らかに違った。

「三越の屋上で良かったんですね。無駄足を踏ませてしまいました」田中先生はぼそりとお詫びめいたものを口にしてくれる。

が、私にとっては無駄足などではまったくなかった。エンドウさんと田中先生一家、という変わった五人組でぞろぞろと神社巡りをするのは愉快な体験で、田中先生の娘さんも面白がり、屋上ではないものの東一番丁通りにはほかにも赤い鳥居がちらほらあったため、「コンプリートしたい」と張り切り、みんなでそれに付き合ったのもとても楽しかった。

最後はどういった形でおしまいになったのかよく覚えていない。ただ、私にとってはこの日の出来事が、精神を整えてくれる儀式に近かったのかもしれない。以降の中学生活では、受験に対して不安を感じても取り乱すことはなくなった。本気で信じていたわけではなかったけれど、「ライオン像にお願いし、頼まれたことはやったのだから」と思うだけで気持ちが安らいだ。人生においても貴重な良き思い出で、その後も、東一番丁通りを歩くたびにその時の記憶が蘇った。

年が明け、私は晴れて志望校に合格した。ライオン像のおかげだね、と県内随一の進学校に当然のように合格していたエンドウさんに話すと、「何言ってるの。単に、フジサキさんが勉強頑張ったからだよ」と冷静に言っていたことを、今もよく覚えている。

◇

朝起きた途端、午後の取引先との打ち合わせのことを考えてしまう。前回、遠回しに嫌味を言ってきた担当者と会わなくてはいけない。陰鬱な気持ちになりつつ、携帯端末のインターネットニュースをチェックしたところ、見出しが目に入った。宮城県仙台市上空にも飛行体が出現。東北地方では初。

慌てて立ち上がり、マンションのベランダに出た。空に視線を向ければ、すぐにそれは見つかった。南西の方向、仙台の市街地、市役所と県庁の存在するあたりに、円盤状の、お皿のように薄く見えたが、とにかくそれが浮かんでいる。ほかの部屋の窓が開く音がいくつか続いた。みんな慌てて確認しているのだろう。

まさか、という思いと、やはり、という思いが同時に湧いた。「もう駄目じゃん」と胸の中がぎゅっとしぼられるような心細さに襲われた。

昨晩はあんなものは存在していなかった。夜に音がした気配もない。動力源や燃料も分からないが、突如として、現われる。ニュースやネットで知った知識通りだ。

携帯端末にメッセージが二通、別々のところから届いていた。大阪に住む姉と、盛岡に転勤になった同期からだ。文面は異なるが、内容はほぼ同一だ。

仙台にもUFO、現われちゃったね。大丈夫？

大丈夫かと問われたところで答えようがないが、周りの人間からすれば、真っ先にそう送りたくなるのかもしれない。事実、少し前に私も、似たような文面のメッセージを東京在住の友人に送った。

上空に巨大な未確認飛行物体が現われ、しかも何らかの行動を取ることもなく、着陸もなければ離陸もない状態で浮遊している時、その下の街に住む知人に何と声をかけたらいいのか。

それが何なのか分かるまで、実家に帰ったら？

姉はそうも付け足していた。両親は、私が都内の大学に進学するタイミングで関西に引っ越した。私は就職後、関東圏で働いていたが半年前の転勤で、仙台に戻ってくることになった。

大型の飛行物体が最初に現われたのは、十日前、福岡上空だ。はじめは、話題作りのプロモーションと受けとめられた。人騒がせである、環境に悪影響がある、迷惑配信者の仕業かと批判が噴出したが、政府や防衛省からの安全に関する説明が公開され、旅客機のフライトに大きな影響が出始めると、ただならない事態だと多くの人が理解をした。そもそも直径一キロの巨大円盤が、遊び半分で作れるとは思えない。ましてや空に浮かんだままなのだ。

どこから来たのか、何をしに来たのか、いつまでいるのか、どうすればいいのか、不明なことばかりだったところ、少しすると、広島、東京、愛知とほかの土地の上空にも、ほぼ同じ形の飛行体が出現した。

さまざまな憶測が飛び交ったものの、安心に結び付く情報は一つも出てこなかった。そこにいるだけなのか。映画さながらに、攻撃をしかけてくるのか。調査をしているのか。そこにいるだけであっても、困るのは間違いない。

アメリカや中国といった大国は、日本よりも情報を得ているのだ、という噂が流れたり、情報を得た結果、見て見ぬふりをしているのだ、という噂もあった。

出勤しても話題はUFOのことばかりだった。いったいどうなってしまうのか、と不安そうにネット検索をする同僚もいれば、「面白くなってきたな」と高揚している高齢社員もいた。そして上司をはじめ、大半の人たちは、「気にはなるが、気にしたところでどうにもならないのだから、まずはいつも通り仕事をするほかない」と判断していた。私も同様だ。記録的な悪天候のような天災だと思い、行動するほうがいいようには感じた。

ただ、昼休みに入った時、持参してきたお弁当を開く前に、携帯端末のニュース配信に目をやったところで状況が変わる。

飛行物体を望遠カメラで捉えた映像が映し出されていた。平たい皿状の飛行体の下側に、粉塵めいたものが見える。

その瞬間、電気が走ったかのように頭の中が光った。十年前、中学生の頃、エンドウさんと一緒にライオンの像に跨りに行った時のことを思い出していた。

◇

職場のモニターにもニュース映像が流れていたため、私は席から立ち、そこに近づいた。ニュース番組の司会者が専門家に質問をし、どうにか視聴者に有益な情報を伝えようとしているが、内容はほとんどない。「警戒を緩《ゆる》めず、見守っていきましょう」という言葉で終わるのが関の山だ。

モニターを眺めながら、自分の鼓動が早くなっているのが分かる。

円盤の下に、粉塵めいた黒いものが見えた。実況する男性が、「これは、何なんでしょうね」と述べる。

私が先ほど携帯端末の画面で見て、はっとしたのも、この黒いものが映ったからだ。「あ、これ、鳥ですよ！」気づいたのか、ニュース担当者が声を上げる。「何ですか、これは。うわあ、気持ち悪いくらい、たくさん、いますね。何じゃこりゃ」動揺しているのか、思わず、といった具合で、友人に話すような口調で感想を洩らした。

鳥だ。

私はモニターに近づいてみる。

これは、あれだ。あれは鳥だったんだ。

さらに鼓動が早くなる。

十年前、夜のライオン像に跨った時、私が見た、空を高速移動する黒い影、まさにそのものではないか。鳥だったのだ。

「数えきれない黒い鳥がひとつの塊になって、まさに雲のようになっています」ニュース担当者の声が聞こえた。

あの時、私が見た「状景」では、巨大な黒い雲のようなものがビルを覆い、人に襲い掛かった。

私とエンドウさんは、ただの心象風景のようなものだと解釈し、納得した。一緒にいた田中先生も、同意してくれた。受験勉強に対する不安な気持ちを表現した、比喩的な場面に違いない、と。

間違っていたのでは？

背中に冷たいものが触れたかのように、ぶるぶるっと私は体を震わせる。

携帯端末で今日の日付を確かめる。十五日だ。十年前に見た、あの「状景」はだいぶ薄っすらとしたものになってきていたものの、いくつかのことは記憶に残っていた。建物の時計が見え、「15」と電光表示があった。さらに、「12：34」と時刻も示されていたはずだ。

十五日とは、今日のことではないか。だとすると？　だとするとどうなる。

時計を見る。十二時五分を回ったところだ。

どん、と心臓が鳴るかのようだ。どういうこと？　どういうこと？　落ち着いて。自らに呼びかける自分もまた慌てている。

私は席に戻ると、お弁当箱をバッグにしまい帰り支度を始めていた。隣の男性社員が、「あれ？　フジサキさん、外行くんですか？」と言ってくる。「午後の打合せの資料を確認したかったんですけど」

「ごめんね。ちょっと私用で。あ、資料はここにあるから」私はテーブルの上を指差した。もはや気もそぞろで、思考の浅瀬部分でやり取りをしているようなものだ。

どうする？　どうするつもり？　私は私自身に問いかけられている。

エレベーターに向かうが、外に昼食をとりに行く人たちがたむろしているため、滅多に使わない階段を選ぶ。転げそうになりながら駆け下りる。

五階からの階段による降下は相当、疲れ、息が上がったが、足を止める気はなかった。駐輪場で自転車を引っ張り出す。リュックを背負い、ペダルを踏み込む。視線を上げ、ＵＦＯがいる空を探すと、私がこれから向かおうとしている方角だった。

◇

立ち漕ぎまではしないものの、やや前傾姿勢でハンドルをぐっとつかみ、一生懸命に自転車を走らせながら、私の頭の中では着々と仮説が組み立てられていく。

十年前に見た「状景」は、現実の場面の可能性がある。あの時は私の「不安」が具現化したものだと解釈したが、暴れ回る黒雲は、鳥の群れの可能性が高い。

「あれ」が「これ」だ。

体を傾けた。心地良い車輪のしゃーしゃーという回転音とともに、十字路を左折する。

たぶん、と答えを見つけている。たぶん、あのライオン像は、十年後に起きる未曾有の危機を知らせてくれていたのかもしれない。自分から情報を発信することはできなくとも、せめて背中に乗った人間には教えたかった。

私に託したというよりも、今までライオン像に乗った人たち、それがいったい何人になるのか、一人だと言われても数十人だと言われても、数千人だと言われても納得してしまいそうだが、とにかくみんなに、メッセージを送っていたのではないか。

赤信号を前にブレーキをかけた。呼吸を整える。

ライオン像が見せてくれた場面は二つあった。黒々とした、鳥の群れが暴れるところと、女性が神社に参拝するところだ。

信号が切り替わり、体を起こし脚に力を入れ、自転車を前に進める。

あの神社に参拝すればどうにかなるのか。

自分と自分が対話を続ける。

それならば、私たちはあの時、三越屋上の神社でしっかり拝んだではないか。

さっき気づいたのだけれど、あの時見た、神社で手を叩いた女性の姿は、今の私に似ていたよね。

だいぶ記憶がぼんやりしているけれど。

こういう白いフード付きの服だった気がするんだよ。あと、時計も覚えてる。右腕に、文字盤が黒の腕時計が巻いてあった。

自転車のハンドルを握る右手の、袖口に目をやる。二年前に海外旅行で買った腕時計だったが、店で見つけた時からどこかで見たような記憶はあったのだ。

あの時見た女性は、今の私ではないか。

今の私が、あれをやらなくてはいけない。そういうメッセージではないのか。

勾当台《こうとうだい》公園の横を通りかかる。右側に広がる、石畳の敷かれた長方形の広いオープンスペース、市民広場に目をやったところで、「あ」と急ブレーキをかけた。つんのめるように止まる。

ここだ。

私が見た、黒い鳥たちが人間に襲い掛かった場面、あの場所はここだった。見覚えがある。

この上空から飛んできた。そう思ったタイミングで急に暗くなった。ぱっと視線を上に向けると、いつの間にか黒い幕が空を覆っている。幕ではなく、恐ろしい数の鳥だ。

そのさらに上には大きな円盤があった。いつの間にか、私は真下にいた。体が動かない。足がすくんでいた。口はぽかんと開いたまま、閉じない。黒い影が空中を掻き混ぜはじめた。かと思えば、物凄い勢いで移動する。羽の音なのか鳴き声なのか、何かがこすれ合うような大きな音がする。広場で悲鳴が上がった。その悲鳴すら、黒で塗り潰されるかのように、すぐに掻き消される。

巨大な黒い群れがまっすぐ下に、釘を打つかのような鋭さで、落ちてくるのが見えた。私は短い呻き声を発した。少し前方、敷地の角には、全長三十メートルはあるだろうヒマラヤ杉の樹が立っていたが、そこに黒い群れが激突するのが目に入り、直後、私の体が吹き飛んだ。

ヒマラヤ杉が砕けるように折れた衝撃のせいだろう。ふわっと浮かび、自転車から少し離れた場所に、どん、と落ちた。転がる。道路とぶつかった右半身に痛みが走る。歯に響きがあり、慌てて、倒れたまま手を口に当てた。前歯は欠けていなかったことにほっとしたものの、肉や骨がびりびりとしている。どうにか体を起こした。

そうこうしている間も、空には黒い渦ができている。スクラムを組んだ鳥たちが獲物を探しているかのようだ。

早く、と私は自分を叱咤し、片膝を立て、その次にもう一方の足を起こし、立ち上がる。恐る恐る関節や脛《すね》、肘や腰の無事を確かめた。

倒れている自転車を起こすと、サドルに腰を下ろし、漕いだ。数十メートルも行けば定禅寺通りだ。渡れば三越に着く。

◇

三越本館の正面入口に到着し、腕時計を確認すると、すでに十二時十五分を回っている。

もう無理だ。間に合わない。というよりも、そもそも私がここに来て、どうにかなるものなのか。何で来ちゃったんだろうか。

台座の上のライオン像に辿り着いた瞬間、私は抱き着くようにしている。通りがかった高齢者がぎょっとはしたものの、それ以外の人たちは気に留めてこない。

店から出てきたところで、勾当台公園付近が騒がしいことに気づくのだろう。多くの人は、状況を調べたいのか、携帯端末と睨めっこをしている。

「どうすればいいですか」と私はライオン像に額をつけ、訊ねた。応答を待つが何も聞こえず、何も見えない。「答えてよ。どうしてあの時、今日のことを教えてくれたのか」

跨ってみることも考えた。が、誰にも見られない状況を作るのは難しい。人の数はそれなりにいるから、誰かが見てはくるだろう。一分一秒が惜しいとはまさに今のことだ。

店内に入った。

この世の終わりのような外とは違い、店の中は整然としていた。そのことに一瞬、戸惑ってしまう。

すぐ前に受付カウンターがあり、制服を着た女性が二人、座っている。私が必死の形相だからか、少しぎょっとし、警戒した表情を浮かべた。

近くには婦人用の帽子やハンカチなどが陳列されており、受付カウンターの奥には化粧品メーカーの看板やロゴが並んでいる。店員が女性客にメイクをしながら、談笑しているのも目に入った。

先ほど外で見た、黒い鳥たちや巨大円盤は存在していないのかと思いかけた。あれは夢やゲーム内のことで、この化粧品フロアにいればずっと安全、安全で安心、と勘違いしそうになる。そう勘違いしたかった。が、私は知っている。外が現実なのだ。

左手に向かう。壁際にエレベーター乗り場があったはずだ。女性が二人、会話をしながら歩いてくるのを避け、私は早足で進んだ。

後ろから肩をつかまれたのは、エレベーターが見えたところで、だった。突然のことで、体がバネ仕掛けのように弾んでしまう。同時に怒りも湧く。大事な時にいったい何の真似だ。

「待って。念には念を入れよう」

振り返ると、見知らぬ女性が、私のことを知っているかのように言った。体格がい い。私よりもずいぶん大きく、肩幅があり、脚も長い。髪は短く丸顔で、鼻筋が通っている。

あまり出会ったことのないタイプの女性だった。姿勢が美しい。「何ですかいったい」と言いかけ、そこに至ってようやく相手がエンドウさんだと分かった。体格も雰囲気もがらっと変わっていたが、能面をかぶっているかのような、涼し気な表情は、あのエンドウさんだ。

中学卒業以来、会う機会もなく、高校を中退して東京に行った、と噂話を聞いたことはあったが、それきりだった。

「エンドウさん!」懐かしさと、ここで出会った偶然に感動してしまうが、彼女は真剣な目で、「フジサキさん、あれでしょ? あの黒いやつ、ライオンのやつでしょ?」と言ってくる。その瞳に力がこもっていた。挨拶をしている場合ではない、と暗に言っている。

首を縦に振り、「あれ、私の受験の不安とかじゃなかったのかも」と早口で言う。

「12：34だったよね」エンドウさんがつかんだ携帯端末に目をやる。「あと、十分くらいだ」

そうなんだよ。エンドウさん、よく分かってる。私は感動しつつも、「行かなくちゃ」と言った。

「待って」彼女が手のひらを前に見せた。「わたしが気になったのは、あの時、フジサキさん言ってたでしょ。参拝している女性が」

「あれ、たぶん、私なんだと思う。私がお参りする姿」

「バッグを持ってるって言ってたでしょ。覚えてる？」エンドウさんはそう言うと、ブランド名を口にした。「あれ、用意したほうが良くないかな」

「え」

「ちゃんと、言われた通りにやるなら」

だから、エンドウさんが呼び止めてきたのだ。エレベーターに乗る前に、高級ブランドのバッグを揃えなくていいのか、と。そんなことはどうでもいい、関係ないよ、と私には言い切れない。

「来て」エンドウさんは言うと、エレベーターの前を通り過ぎ、ほとんど駆けるように奥へ奥へと行く。私もついていく。

初めて入ったそのブランド店は、シンプルながら格調の高い佇まいに見えた。エンドウさんは慣れているのか、もしくは緊急事態故に気にするのをやめたのか、臆していなかった。入口に立つ、きりっとした黒い服の店員を振り切るように中に行く。

「どのバッグだったか、覚えてる？」

店内の壁やショーケースには商品が置かれている。余白が多く、贅沢な配置だ。黒い革製のものが並ぶ中、茶色や赤も目に入る。靴もあった。

十年前の記憶を辿ることなど無理だと思ったが、驚くほど簡単に、私はそのバッグを発見した。新商品なのだろうか、壁の棚に飾られた白いバッグが、私の眼には光って見えた。ブランド名が大きく書かれている。確かに十年前の、あの「状景」で目撃した。

これ、と指差した私に、エンドウさんは、「これね」と素早く応じ、大きな声で店員さんを呼んだ。ばたばたと入ってきた私たちは、店員全員から要注意人物として注目されていたのだろう、三方向から店員が寄ってくる。

「これください。そのまま持って帰ります。会計はわたしがやるから」

値段も見ずに言っているが、相当高額なのは、ブランド品に疎い私でも分かる。が、エンドウさんは気にすることもなく、「持って、先に行って」と棚から無造作にバッグを取ると、手渡してくる。それを見た店員が泡を食ったように駆け寄ってくる。「早く。お金はわたしが払っておくから」

「そんな」

「大丈夫、わたし、お金はあるから」

店員は万引き犯を捕まえるような勢いでやってきた。それに構わず、エンドウさんが私に人差し指を突き出した。「Have a nice day!」

はっとする。

いい日になりますように。ではない。いい日にしろ！　と命令してきている。真剣な、刺すような目だ。

そうだ。

今日も明日も、niceとまではいかないまでも、大事な一日にしなくてはいけない。

Have a nice day!　と心を込め、エンドウさんを指差す。

店から出た。いい日にするのは、自分たちだ。

仙台三越の向かい側の店舗に設置された防犯カメラが十五日に捉えた映像は次のようなものだ。

◇

店舗正面の、光を反射させるガラスのドアが並ぶ広い出入口、その左右に警備員よろしく台座に寝そべるライオン像がある。

映像右下の時間表示が十二時三十三分を過ぎたころ、ライオン像が鋳物の硬さがふわっとほどけるように、ぶるぶるっと輪郭を震わせた。体の毛が揺れたかのようだ。横を通り過ぎた二歳前後の少年だけがそれに気づき、ライオン像を凝視しているが、親に引っ張られていく。

二頭のライオン像は、お互い同期を取るかのように、同じタイミングで伸びをする。前あしで踏ん張るように、後ろにお尻を突き出したかと思えば、今度は頭のほうに体を伸ばす。寝ていたネコが活動をはじめる時と同じ、この世で最も愛らしいストレッチ運動とも言える。

ぽんと台座から飛び降りるのも、二頭同時だった。もはや、ライオン像ではなく、ライオンと呼ぶべきだろう。

二頭のライオンはカメラから見て、左側、北の方向に向かい飛び跳ねながら、アーケード通りを移動し、見えなくなる。

仙台市役所の建物に設置された、勾当台公園を見下ろす防犯カメラに残っていた映像が流れる。

石畳の市民広場には救急車が集まっていた。赤色灯が周囲に照っている。ヒマラヤ杉の破壊で負傷者が出ていた。多くの人たちは危険を避けるために広場から出ていたが、危機意識の低い、野次馬的な者たちが何人か、携帯端末を空に構えて居残っている。

黒い鳥たちの群れは巨大な幕となり、空中を旋回していた。空も地面も自分たちの支配下にある、とアピールするかのようだ。

カメラに近い位置を通過する際に、鳥の個体が映る。専門家の誰一人として見たことのない形状の羽で、もはや羽なのかどうかも判然としないが、顔つきも奇妙だった。嘴《くちばし》を備えていない。頭部が発達し、尾には光る装置をつけている。

編隊を組んだまま、ぐるぐると空中を飛び回り、指示が出たらすぐにでも地上を破壊し尽くす準備はできている、という様子で、実際、その直後、救急車があっという間に横転させられる。

時刻表示が十二時三十四分となった時、ライオンが二頭、市民広場に現われる。並んで、空を見上げる。直後、ぼん、とライオンの体が膨《ふく》らんだ。ポップコーンが破裂するかのように、一瞬にして一回り大きくなり、間髪入れず、ぼん、ぼん、と膨張を繰り返し、二倍、三倍になる。さらに、ぼん、ぼん、と膨張するように体を膨らませた。球体に近い体型だ。あっという間に石畳が、二頭のライオンでぎっしりの状態になる。

黒い鳥たちの、厳密に言えば、「鳥」とは異なるのだが、その群れが、広場の二頭のライオンと向き合う形になった。

二頭のライオンが口を大きく開く。この世の空気という空気をすべて吸い込むような顔付きで口を閉じ、それから、ぱかっと開く。

咆哮《ほうこう》だ。カメラに録音機能はなかったからか、無音ではあるが、画像はかなり揺れた。勾当台公園に生える常緑高木たちが大きく震動し、たくさんの葉が舞った。

次々と黒い物が落下し、石畳の上で重なっていく。

公園がしんと静まり返っているのは、画面からも伝わってくる。

ライオンの姿が消え、広場だけが映っている。

私がコントローラーを操作し、部屋のモニター画面を停止すると、エンドウさんが、

「いやあ、これは一番、よく分かる動画だね。何が起きたのか把握しやすい」と言った。

あの日、私はエンドウさんに買ってもらった高級バッグを担ぎ、三越の屋上に駆け込んだ。何らかの故障が発生したのかエレベーターが停止していたため、一階から私は階段を全力疾走し、八階のさらに上に到着したのだから誉められてもいいだろう。人生のうちもっとも真剣に走った。

三囲神社の鳥居をくぐり、赤い祠の前で私は頭を二度下げ、手を二回叩き、ぎゅっと祈る気持ちで拝んだ。いい日になれ、と念じた。

「私が参拝したことで、ライオン像が動いたってことかな」時間からすれば、まさにぴったりだった。が、「まさかね」という思いも依然として強い。

「たぶんそうだよ。フジサキさんが、ライオンを動かした。だから、助かったんだ」

それを言うなら私だけではなく、エンドウさんのおかげでもあった。「同じバッグを用意しようなんて、言われるまでまったく気づかなかったから」

「関係があったのかどうかは不明だよ。バッグなしでもうまくいったかもしれないし」

「そもそも、私の参拝の効果かどうかも分からないけれど」

「ライオンが解放される手続きが必要だったんじゃないかな」

「参拝が？」自分でやっておいて言うのも心苦しかったが、関連性が見当たらない。

「美女と野獣だって似たようなものでしょ。愛の告白をしたら、王子に戻るなんて。ルールなんてそんなものかも。あそこでフジサキさんが頑張ったから、ライオンたちが宇宙人を追い払ってくれた。全国各地のライオンたちが一斉に」

あの日、仙台のUFOが黒い鳥の群れを放出し、それが暴れ出したように、全国各地にいたほかのUFOでも同じことが起きていた。建物や車両が破壊され、人が襲われた地域もあったという。

屋上の神社に参拝したことで、仙台以外の三越のライオン像も解き放たれたのか、もしくは各地で、私同様、ライオンのメッセージに応えた人がいたのかははっきりしない。あの日、いずれの場所でもライオンが巨大化し、恐ろしい鳥の群れとUFOを撃退したのは事実だった。

「UFOの映像の、あの黒い鳥たちを見て、ぴんと来たんだよね。フジサキさんが昔見たやつじゃないか、って。しかも、UFOが出現している場所の共通点が、全部、三越があるところだったから、三越が関係するのかもしれない、と思って」エンドウさんがあの時、あの場にいたのはそれが理由だったという。「いても立ってもいられなくて、三越に来たの。昔、フジサキさんが言っていた、『15』と『12：34』も頭にあったし。そうしたら、フジサキさんがいた」

「ブランドのバッグなしで」「そう」

「だけど、どうしてUFOは三越のある場所に現われたんだろうね」

ううん、とエンドウさんは考えるように唸った。「あのライオン像がやばいと知っていた、とか？　まずはそこを制圧しておかないと、って思ったのかも」

「そんなことあるかなあ」

「昔から、あのライオン像たちはそのことを知らせようとしてくれていたんだったりして。跨った人経由で、この危機を知らせて、『その時は俺たちを解き放つように』とメッセージを送って」

戦時中の話を思い出す。軍に接収されたライオン像に誰かが跨ると、あの黒い鳥たちの恐ろしい場面が見えたのではないか。不吉な光景に不気味さを覚え、敗戦の予言だと受け止め、縁起が悪いと思った可能性もある。だから、溶かさず放っておくことにしたのではないか。

携帯端末が着信音を鳴らした。ほぼ同時に、エンドウさんの携帯端末も音を出す。二人で操作をすると、どちらにも田中先生からのメッセージが届いていた。卒業後、音信不通だったが、知り合いを経由して田中先生の連絡先を教えてもらい、連絡していたのだ。十年前のライオン像のことを共有できるのは、私たちと田中先生一家だけなのだから、顚末《てんまつ》を伝えたかった。

先生からのメッセージには、「今度、うちに来て、ぜひ話を聞かせてください」と書いてあった。

「娘さん、十五歳くらいかな」私が言うと、エンドウさんも感慨深そうにうなずく。私たちが、ライオン像に跨るために頑張った年齢だ。

「先生、また歌ってくれないかな」「聞きたいね」

あの時の田中先生のことを二人で思い出し、喋っていたところで、はっとする。「そうだ、あの時のバッグ、エンドウさんに返さないとね」

立ち上がり、クローゼットを開ける。

いいのいいの、わたし、バッグはたくさん持っているから。彼女はそう答える。「わたしね、フジサキさんの教えを守って、結構、お金増やすことに成功したんだから」

「私の教え？」そんなのあったっけ、と首をひねっていると、エンドウさんは目を細めた。

「みんなで気ままに、ほどほどに頑張って、お金を増やしましょう。フジサキさん、あの時、そう言ってたよね」

中学生の時、私が言ったのか、エンドウさんが言ったのか、今となっては思い出せなかったが、言葉の響きは覚えていた。その場で二人で何度か、「ネコ講」と復唱した。

雨あがりに

阿川佐和子

樹々の葉を叩く雨音が弱まった。窓越しに見上げると、西の空を覆っていた灰色の雲が途切れてかすかに青空が覗いている。このぶんだと昼前には止むだろう。

母から電話があった。三越に買い物に行きたいのでつき合ってくれないかという。パパさんの快気祝いにお礼の品を送らなきゃいけないでしょ。斎藤《さいとう》さんなんてわざわざ病院までお見舞いに来てくださって、木箱入りのメロンをくださったのよ。あと佐々木《ささき》さんの奥様も心配してお電話くださって。佐々木さんってパパさんの直属の部下だった方。今はなんとかいうファイナンス会社の相談役なんですって。そんなにお偉くなったのに、未だにときどき連絡くださるの。昔のお仲間を集めてご飯に誘ってくださったりモノを送ってくださったりして。案外、パパさんって人格者だったのかしらね。

最近、母の話は長い。昔はこんな無駄話をする人ではなかった。むしろ用件だけでさっさと電話を切るようなさばさばした性格だった気がする。

「え、十一時？」

私はキッチンの掛け時計に目をやった。あと一時間しかない。

「とりあえずライオンの前ね。わかった。じゃあとで」

半ば強引に電話を切り、私は身支度に取りかかる。どれほど買い物に手間取ったとしても二時前には戻れるだろう。二時から企画開発部のリモート会議がある。会社に上がる必要はないが、公園用遊具の新製品アイディアを営業部会にかける直前の最終チェック会議だ。グループリーダーの私がサボるわけにはいかない。まして我々中堅遊具会社でこの不景気な時代に新企画を通すのは至難の業である。通るか通らないかが直接、給与に響いてくる。油断している場合ではない。

念のためと思い、カーキ色のショルダーポーチにノートパソコンを突っ込み、電源も持った。それからスウェットを脱いで……何を着ようかな。梅雨に入って一気に蒸し暑くなったとはいえ、まだ夏用ワンピースを着るには早過ぎる。とはいえ三越にジャージのパンツで行くのもまずいか。迷いに迷って、ペイズリー柄のロングスカートに白のノースリーブブラウスを合わせ、冷房の効いた店内で寒いといけないのでコットンカーディガンもポーチに入れ、折り畳み傘を手に取ると小走りでマンションを出た。

父と結婚する前、母は三越に勤めていたそうだ。そのせいか、普段の食料品の買い物は別として、他人様にモノを届けるときも家族の洋服を買うのも化粧品を買うのも、母は三越と決めていた。先月、父が前立腺癌の手術で入院することになり、急遽《きゅうきょ》パジャマが必要になったときでさえ、わざわざ地下鉄に乗って日本橋の三越まで買いに行ったほどだ。そんなもの、今どきディスカウントショップやネットで買ったほうが安いだろうと思うのに、「困ったときは三越」と信じている母である。

子供の頃、私は母の生家がよほどお金持ちだったのかと思っていた。三越でしか買い物をしないなんて、どこかのお嬢様のすることだ。そんないいお家柄の娘を父はよく見つけてきたものだと感心した。しかも後妻として。

父は大学を卒業後、ごく普通の銀行員になり、平凡な見合いをして結婚し、二人の子供に恵まれた。が、三十代にして妻に先立たれてしまった。苦労人というほどの滋味深い顔はしていなかったけれど、決して平穏な人生ではなかったはずだ。妻を亡くしたあと、幼い子供を二人抱えて途方に暮れたらしい。父の両親はすでに他界していたし、頼る人はあまりいなかったという。それでも二年近くは頑張ったんだぞと、のちに父は酔っ払うたびに話していたが、結局どうにも手に負えなくなって、人の紹介で新しい妻を迎えることにしたそうだ。四歳だった私は当時のことをあまり覚えていない。いずれにしろその人が今の私の母となり、前妻が残した二人の子供の一人が私である。

私の下には二つ違いの妹がいる。つまり、私たち姉妹にとって母は義母とか継母とか呼ぶべき存在なのだろうが、物心ついたときすでに家にいたのは今の母だった。まして妹にしてみれば、ようやく言葉を話せるようになったぐらいで新しい母親と交換されたわけで、私以上に抵抗はなかったようだ。

そのことを両親に知らされたのは、妹が小学校に上がった夏休み前のことだった。

「あなたたちは私が産んだ子供ではないんです。本当のお母さんは、あなたたちが小さい頃に病気で亡くなって、そのあと私がお父さんのお嫁さんになったのです」

母がいつになく丁寧な言葉でゆっくり話しかけてきたのを覚えている。緊張していたのかもしれない。娘が二人とも小学生になったタイミングにこの事実を打ち明けようと、母は母なりに前々から計画していたのだろう。母が私たちに話している間、父はたまに頷くぐらいで、ほとんど口を挟むことなく母の隣にあぐらをかいて座っていた。

しばしの沈黙があった。沈黙を破ったのは妹の加奈《かな》である。

「へえええ」

腹の底から感心したかのような声を上げた。

「じゃ、ママは嘘のお母さんなんですか？」

その言い方に嫌味はなく、単に思い浮かんだ疑問を素直にぶつけただけのようだった。

「嘘のお母さんってわけじゃないけれど……」

母が戸惑ったように父のほうへ顔を向けた。父はそこで初めて助け船を出した。

「嘘のお母さんじゃないよ、加奈ちゃん。ただ、有里《ゆり》おねえちゃんや加奈ちゃんを産んだお母さんじゃないってだけのことさ」

妹は、理解したのかしないのか、口をへの字にして顎を上げると、また「へえええ」と言った。

「じゃ、ママは誰？」

「そりゃ、ママは加奈ちゃんと有里ちゃんのお母さんさ」と父が断言した。

「前のお母さんはどこにいるの？」

「前のお母さんは天国に住んでるんだ」

「ふうん。じゃ、会えないか……。まあ、加奈はママのこと大好きだから。加奈を産んだお母さんじゃなくても、ぜんぜん問題なしです！」

「問題なし！」という言葉は、その頃、加奈の口癖になっていた。どこで覚えてきたのか知らないが、宿題をやり終えてノートを閉じるといつも「よし、問題なし！」と宣言し、お風呂から上がってタオルで身体を拭いた後も、「問題なし！」と大声で叫ぶ。妹にかかるとたいがいのことはこの言葉で解決した。

そのときもそうだった。加奈の「問題なしです！」の一言で、すべてがまるく収まったように思われた。少し間をおいて父が笑い出した。釣られて母も笑った。それから晴れ晴れとした顔で立ち上がり、

「さ、今夜は二人の大好きなハンバーグにしよっかな。ママがおいしく作るからねー」

もはや母の口から敬語は消えていた。でも私は？　私の意見は聞かないの？　そのとき私は、どことなく両親と妹とは別の場所に取り残されたような気がした。

母はライオン像に張り付いて待っていた。止むと思っていた雨は朝より激しくなった。降り込む雨のせいで、屋根があるのにライオンが雨に濡れて黒光りしている。その横に傘を差してちょこんと立つ母は、足早に行き来する買い物客の中で、ひときわ小さく見えた。一ヶ月ほど会わないうちに、少し老けた気がする。父の看病でやつれたのかもしれない。

「なんでこんな日に着物で来たの。濡れちゃうでしょ？　中で待ってればよかったのに」

傘を閉じながら母に近づくと、

「ああ、よかった。会えた〜！」

母は私を認めると、襟元に手を当てて心底ホッとしたように笑いかけてきた。

「で？　何をお礼にするか決めてあるわけ？」

だいたいね、と母は答えるや、店頭に設置されたビニール袋機に傘を突っ込んで、私の先をさっさか歩き出した。

母にとって日本橋の三越本店は勝手知ったる庭のようなものだ。数年前に改装され、特に一階のフロア全体が明るくなったときなどは、応対してくれる店員さんに、「まあ、きれいになりましたねえ」と褒めそやしておきながら、私に向かって小声で、「でも私は前のほうが好き」と言い肩をすくめてみせたりした。ときどき売り場の配置が変わると、「靴下売り場、ここらへんだったはずだけど」と、即座に店員を捕まえて質問攻めにする。いつ変更したのか。なぜ配置を変えたのか。そして最後には前の場所のほうがよかったのになどと笑いながらも軽く不満を述べてみせる。その姿はまるで職場の点検をしにきた視察長のようだ。現役店員さんたちも迷惑だろう。でも決して彼らは迷惑そうな顔をしない。私のほうが申し訳ない気持になり、こっそり頭を下げてその場を後にすることもしばしばだった。

母の三越詣でに私は子供の頃から何度もつき合わされている。妹の加奈が母の買い物のお供をすることはめったにない。自分が欲しいものがあるときはついていくくせに、人の買い物につき合うのは苦手なのだ。本人がそう言っていた。まして結婚したのちは、三人の子供の世話で忙しいとか時間がないとか言ってうまく逃げているらしい。そのせいで結局、独身の私にお鉢が回ってくる。

母はもしかして、三越で顔が利くところを娘に自慢したいのかもしれない。本当は妹の加奈を連れて行きたいのだと思う。加奈は私より話が面白いし、センスもいい。それに昔から加奈と母は仲良しだ。

「加奈を誘えばいいじゃない」

母から頼まれるたび、私はそう言い返したい衝動に駆られる。でも言えない。

「君って、お母さんのこと、好き？」

高校三年のとき、進学塾で知り合って少しの期間つき合った中村《なかむら》君に突然、授業中に聞かれた。改めて問われると、どう答えていいのかわからなかった。なぜそんなことを聞くのだろう。母親を嫌いだというぐらい気骨のある女子が好きなのか。反対に母親と仲がいい娘のほうが好ましいと思っているのか。はかられているような気がした。

「うーん。どうかなあ……」

曖昧に答えると、隣に座る中村君が鼻で軽く笑ったように見えた。それからしばらくの間、中村君は黒板の前でチョークを振りかざして熱弁している数学教師のほうを見つめ、その視線のまま言った。

「思想が合わないんだ」

「え？」

中村君が私に向き直り、もう一度、言った。

「思想。人生観。趣味。あらゆる考え方。おふくろとぜんぜん合わない。実の親じゃないんじゃないかと思うくらい」

そこで授業終了のベルが鳴り、教室内が椅子を動かす音でいっぱいになった。中村君との会話も終了した。その後、二度とその話題にはならなかった。

中村君とは、それぞれの進学先が決まってまもなく別れた。もうどんな顔をしていたかもよく覚えていない。でも、そのやりとりだけは妙に心に残っている。

あのとき初めて私は真剣に考えた。自分は母のことが好きなのだろうか。嫌いだと積極的に思ったことはない。でも母が私に近づいてくると、なぜか身体じゅうの皮膚が固まって、うまく言葉が出なくなる。それは長年の習慣のようなもので、別段、苦痛というほどではないけれど、母に対して無防備に自分の思いを語ることができない。もうこれは癖のようなものだ。友達関係で悩んだり学校で嫌なことがあったり、進学に迷ったり、好きな男の人ができたり。誰かに聞いてほしいと思うことはその都度あったけれど、一切、相談しなかった。

持って生まれた性格のせいもあるだろう。でも、意識的にそんな行動を取るようになったのは、やはり母の告白を聞いたあとからだと思う。

ときどき、ふとした拍子に奇妙な感覚に襲われる。頭の中に、決まった映像が蘇るのだ。

その映像の中で私はいい匂いのする人に抱かれている。どうやら私は赤ん坊のようだ。私を抱いている女性はシャリシャリと音のする着物を着て縁側の籐椅子に座っている。そこへ一匹の猫が現れてニャアニャア鳴き出す。私は抱かれたまま猫の顔のそばまで近づけられる。猫が黄色い大きな目で私を睨みつけ、私はその目が怖くて泣き出した。とても怖かったことと、私を抱いている人からいい匂いがしたことは感覚的に覚えている。でも、よく考えるとこの記憶は変だ。赤ん坊の私が籐椅子も猫も理解できるわけがないし、そもそもその光景を俯瞰《ふかん》していること自体がおかしい。これは単なる私の妄想で、後付けの記憶なのかもしれない。その女の人が実母であるかどうかはわからないけれど、今の母でないことだけは、確信が持てる。

エスカレーターに乗った母の背に私は話しかけた。カタログギフトにしたら？　すると母のお太鼓がくるりと回って顔がこちらへ向けられた。

「カタログギフト？」

私は畳みかけた。

「カタログギフトなら値段も種類もいろいろあるし」

「うーん。なんか味気なくない？」

「そんなことないって。カタログの中から好きなもの選べるほうが、もらったほうも嬉しいと思うよ」

「なんか心がこもってない気がするけど……」

「私、あんまり時間がないんだ」

私は少し冷たく言い放った。

「これから会社？」

「会社には行かないけど、リモート会議があるの」

「リモート会議って、携帯電話でやるの？」

「違う違う、これ」と私はポーチからノートパソコンを覗かせて、「とにかく二時までにはウチへ帰りたいの」

「相変わらず慌ただしいのね、有里ちゃんは」

私は黙った。母のように自由な時間が無限にあるわけではないと言いたかったが、説明しても無駄だ。

「じゃ、わかった」

何がわかったのかわからないが、母は俄然、覚悟を決めたように勢いよくなった。エスカレーターを歩き出し、二階で降りるとエレベーターへ向かった。私はひたすら後をついていく。七十半ばだというのにバカに元気だ。途中、カタログギフトが何階で売っているのかを通りかかった店員に聞いた。私の提案を受け入れる気になったらしい。ギフトサロンに着くや、担当の人にあれこれ相談し、バッグの中からメモを取り出した。控えていた送り先の住所と名前の一覧である。

「少々お待ちくださいませ」

私はカウンター前の椅子に母を促し、私も隣に腰を下ろす。改めて私は母の着物に目を向けた。生成り色の地に細かい黒色の井桁《いげた》模様があしらわれた紬《つむぎ》だ。単衣《ひとえ》だろうか。涼しげな柄である。母が動くたびに着物の袖からチラチラと襦袢《じゅばん》が顔を出す。

「ちょっと袖が短いんじゃない？」

すると母ははみ出した襦袢をごそごそと奥へ押し込みながら、「そうなのよ」と素直に同意した。

「あなたのお母さん、私よりだいぶ背丈が小さい人だったから」

お母さん？　私が顔をしかめると、母は口の端をちょこっと上げ、着物の膝を愛おしそうにさすった。

「これね、亡くなった有里ちゃんたちのお母様の着物なの。気に入ってらしたみたいよ。パパさんがね、大事に和簞笥にしまってたんだけど、こないだゴソゴソ出してきて、着ないかって聞かれたの。なんか申し訳ない気がしたけれど、でもしまってあるだけじゃ着物も可哀想じゃない？　だから着ることにしたの。しばらく大事に着たら、いずれあなたに譲ろうと思って。どう？」

私がなにか言おうとしたとき、

「安田《やすだ》様、お待たせいたしました。こちらでよろしいでしょうか。ご確認いただけますか」

担当の人が近づいてきて、カウンターの上に書類を広げた。カタログの種類とそれぞれの送り先、値段が手書きの表になって記されている。

「合計で、こちらの金額になります」

母は書類を一瞥すると、

「はい。じゃ、これで」

クレジットカードをバッグから取り出して手渡した。

担当者が消えると、母は財布をバッグにしまいながら言った。

「まだ時間あるでしょ？　七階の特別食堂でお昼、食べていかない？」

私は腕時計を見た。十一時四十五分。たしかにまだ余裕はある。

「いいけど」

「じゃ、急ぎましょう。あそこ、十二時前に行かないと込むから」

会計を済ませると、私と母は担当してくれた女性店員に丁寧なお辞儀で見送られながら、特別食堂へ向かった。

三越に関しては何でも知っていると豪語していた母の予想ははずれた。すでに食堂前には長い行列ができていた。

「申し訳ございません。三十分近くお待ちいただくことになると思いますが」

私は時計に目を遣る。

「どうする？　他のお店に行く？」

母が嘯くのを聞きながら計算した。三十分待って十二時二十分。食事を三十分で済ませて一時前。誤差を入れて十分。ギリギリか。

「ここの鰻重、おいしいのよ。ママはちらし寿司が食べたいかな。ご馳走するわよ」

さりげなく懐柔しようとしている気配が伝わってくる。たしかに鰻重はそそられる。

気づいたらお腹も減ってきた。

「リモート会議、ちょっとだけ遅れていけばいいじゃない？」

なんということを言う母親だ。思わず吹き出した。

「そんなことできないんです！」

そう答えつつ、ポーチに入っているノートパソコンのことを思い出す。ここの食堂では無理だろうけれど、館内でどこか静かな座れる場所を探せば、なんとか対応できるだろう。母はすでに食堂のスタッフから整理券を受け取っていた。

私が予定通り鰻重を、母は、ちらし寿司を頼むのかと思ったら打って変わってお楽しみ御膳を選び、最後にコーヒーも飲んで食事を済ませたとき、すでに一時半を過ぎていた。

「だったら屋上がいいんじゃない？　もう雨も上がったみたいだし」

家に戻らずにここでパソコンを開いてリモート会議に出るつもりだと、鰻重を頬張りながら伝えると、母が提案してくれた。なぜ雨が上がったことを知っているのだろう。窓のそばには一度も近づいていないはずだ。

「さっき音楽が変わったの。雨が降り出すと『雨に唄えば』の曲が流れるんだけど、雨が上がると、ジュディ・ガーランドが出てた、ほら。そうそう『オーバー・ザ・レインボー』が流れるの」

「え、三越ってそんなシステムになってるの？　知らなかった」

「どこのデパートだってそうしてるわよ。曲は違うかもしれないけど。デパートの中にいると、外のお天気がわからないから、お買い上げいただいたお品に雨よけのビニールをつけたほうがいいかどうかわからないでしょ。まあこれはお客様用じゃなくて、店員向けの特別放送なのよね」

さすが三越で働いていただけあって、熟知している。さっそく私は屋上へ上がることにした。会議は一時間ほどかかるだろう。会計をしている母に向かい、先に帰るでしょと聞くと、会議が終わるまで他の買い物をして待ってると言う。別に待ってくれなくてもいいのに。

「じゃ、終わったら連絡する」

時間がない。どこで再会するかなど細かく約束することなく、食堂の前で母と別れて私は急いで屋上へ向かった。

母が言う通り、雨が上がって、屋上テラス全体に涼しい風が通り抜けていた。幸い客はまばらだ。隅の席を取り、ウッドテーブルの上にパソコンを広げた。一時間なら電源を取らなくてもバッテリーは持つだろう。すべてをセットし、画面に現れたスタッフの顔を確認する。音声ミュートを解除するや、

「安田さん、外ですか、それ」

進行役の田村《たむら》君が気づいたらしい。

「そうなの。母の買い物につき合ってたら帰る時間なくなっちゃって。すみません」

「謝らなくてもいいっすよ。なんかステキな場所ですね。後ろの緑がきれいだから、どっか郊外にでもいるのかと思いました」

「郊外？　違う違う。都心のど真ん中。日本橋のデパートの屋上だもん」

「へえ。そうは見えないっすよ！　しかしリモートって便利ですよね。どこでも対応できて」

「ホント、助かる。じゃ、全員集まったみたいだから、そろそろ始めてくれる？」

「わかりました。えーと。高木《たかぎ》さんの顔が見えませんが……、あ、来た来た。映ってます。では会議を始めます」

田村君の進行で、明日の営業部会に提出する新製品企画の最終確認が始まった。企画の意図、部品調達の見通し、採算性、販促予定、そして何より今回の新しい公園用遊具の高度な安全性と遊戯性について責任を持ってすすめられるだけの的確な言葉を準備する。そしてそれらを、厳しい営業マンからどんな質問が出ても対応できるよう、開発部スタッフ全員で共有しておくことが必要となる。

「はい、柳原《やなぎはら》でーす。そもそもの発想は、幼稚園に行ってるウチの子供の遊び方を見て思いつきました。今の子供って、いきなり集団の中には入れないんですよね。たとえば砂場とか。で、一人用砂場を作って、それぞれの小さな砂場を星座みたいに細長い砂場道で結んで、最後に大砂場にたどり着けるっての、思いついたんです。好きな砂場を選んで一人でも遊べる。ま、温泉場の大浴場みたいな感じ？　っていうか」

「えーと、加藤《かとう》です。柳原さんの発想を受けて、実際に模型を作りました。ちょっと砂場道っていうのが難しかったんですが。砂がすぐに外に散らされちゃうって不安があって。で、砂場道はまわりにベンチを置いて、砂があまり外に散らされないように工夫してみました。あとトンネル型の砂場道ってのも考えたんですが、これは子供の冒険心をそそる気がして。両案でお願いします」

「佐伯《さえき》でーす。問題はそれだと砂場だけで公園スペースをかなり占領するってことなんですよね。あと、砂の搬入量がかなり膨大になる。一応、都内の公園の砂場を実態調査してみたんですが。こちらの表を見ていただくと……」

　各担当者が一人ずつ資料を添えて解説していく。その間、些細なことでも疑問や異論を抱いた者は質問を挟む。田村君の見事な進行によって懸念点が少しずつ整理されていった。このぶんだとなんとか営業部会に提案できる段階まで到達しているのではないか。部の代表として営業部会でプレゼンする立場の私自身としても、彼らの話をじゅうぶんに理解しておかなければいけない。さまざまな思いを聞くにつれ、自信とともに星座のような新砂場にどんどん愛情が湧いてきた。

気がついたら会議は一時間を過ぎていた。

「ではそろそろ時間ですので、いったんこれで会議を締めますが、他に疑問点や補足事項など思いついた人がいたら、メールで共有をお願いします。で、明日は、僕は会社に上がりますが……、安田さんは？」

田村君に問われ、

「行きます、行きます。午前中に最終の詰め、お願いします」

「わっかりました。では皆さん、お疲れ様でしたぁ」

一人ずつ画面から消えていき、私も退出ボタンを押す。パソコンを閉じ、スマホを見ると、三時二十分を過ぎていた。母には一時間ぐらいで終わると言っておいたが、どこで待っているのだろう。母の携帯に電話する。出ない。待ちくたびれて帰ったのだろうか。それとも……。

かすかな不安が蘇る。少し前からどうも母の様子が以前と違うことに気づいていたからだ。今日は大好きな三越に来たせいか、やたらに元気なので忘れかけていたのだが、二ヶ月ほど前に実家に帰ったときの母は少し変だった。寝室に、整理し切れていないのか買い物の領収書や、ダイレクトメールなどが山のように箱に入っていて、そういう箱が部屋のあちこちに重ねられていた。整理整頓を得意としていた母にしてはその散らかり具合は珍しいと思った。父の前立腺癌の騒動で行き届いていないのかと、そのときは納得したが、変なのはそれだけではなかった。一ヶ月前に実家の冷蔵庫を開けたところ、満杯なのである。賞味期限のとうに過ぎたものも腐りかけた野菜もそのままになってい て、食べ残したらしき煮物のラップを取ると、完璧にカビが生えていた。玉子は二パックも買い置きされ、マヨネーズも二つあった。なんで二つあるのかと聞くと、ないと思って買ってきたらあったのよと、自分の頭をポンポン叩いて、「呆けちゃったみたい」と笑って見せた。私も一応、笑っておいたが、内心、穏やかではなかった。

本当に呆け始めたのかもしれない。

でも私は頭を横に振って否定した。七十五歳だもの。少しは記憶力も衰えるだろうと。私の会議が終わるまで店内をブラブラしていると言っていたけれど、どこかで迷子になったのではないか。それともこの蒸し暑い日に張り切って着物を着たせいで気分が悪くなったのかもしれない。

私はポーチにパソコンを突っ込むと急いで屋上テラスをあとにし、上階から順にワンフロアずつ売り場の間を探し回った。着物姿の人はさほど多くない。すぐ見つかるだろう。もう一度、特別食堂も覗いてみることにした。歩き疲れてお茶でも飲んでいる可能性がある。さっき応対してくれた食堂のスタッフに声をかけ、昼にお楽しみ御膳を食べた着物姿の母がまた来ていませんかと訊ねたが、親切にも食堂を一緒に一巡した末、「いらしてないみたいですねえ。お見かけしたら、お声がけしておきます」と言ってくれた。

七階、六階、五階……。いくら探しても母の姿はない。そのとき、

「本日はご来店まことにありがとうございます。迷子さんをお探しのお母様に申し上げます」

館内放送が響いた。今風の癖のある高い声ではない。落ち着いた声質で案内している。

「水色のズボンにチェック柄のシャツをお召しの三歳ぐらいのお坊ちゃまのお母様。お坊ちゃまがお待ちでございますので、本館四階のカーペット売り場までお越し下さいませ。繰り返します。水色のズボンに……」

そうだ。館内放送をしてもらえばいいんだ。私はさっそく最寄りの眼鏡売り場の売り子さんに声をかける。

「あのー、母が迷子になっちゃって。迷子っていうか……徘徊ではないんですが」

「ああ、はぐれてしまわれて？」

「はい、なので館内放送をしていただきたいんですが、どうすれば……」

「お母様の特徴や服装などを教えていただけますか？」

「えーと、背は一五七センチくらいで、歳は七十五。着物なんです。生成り色の紬。名前は安田東子《とうこ》。安い田んぼの東の子と書いて、東子です」

「お名前は伏せたほうがよろしいですか？」

「どっちでも。あ、言っていただいたほうがいいかも。そのほうが気づくと思うので」

「わかりました。少々お待ち下さいませ」とその人は答え、私に背中を向けると手元の内線電話をかけ始めた。

「はい。迷い人様のお知らせです。生成り色の着物をお召しで身長が一五七センチ。年齢は七十五歳。お名前は安田東子様。安い田んぼの東の子だそうです。はい、五階の眼鏡売り場でお嬢様がお待ちになっておられます。はい、よろしくお願いします」

電話を切ると、女性の店員はこちらに優しい笑みを見せ、

「まもなく館内放送が流れますので、しばらくお待ちくださいませ。どうぞ、こちらにおかけになって」

そう言って、傍らのソファをすすめてくれた。母はちゃんと館内放送を聞いてくれるだろうか。耳も少し遠くなっている。そうだ、気分が悪くなって医務室に運ばれている可能性もある。私はソファを立ち上がり、先刻の店員さんをもう一度呼び止めた。

「すみません、たびたび。もしかして母が医務室に運ばれていることも考えられると思

うんですが。医務室にはどうやって連絡を……」

「医務室ですか。承知いたしました。確認してみます。少々お待ちくださいませ」

今度は手元の電話を使うことなく、売り場を離れてどこかへ消えた。連絡方法が違うのかもしれない。私は所在なく、またソファに座る。

きれいな白髪の女性と幼稚園児ぐらいの男の子がこちらへ向かって歩いてきた。手をつないでいる。おばあちゃんと孫だろうか。

「ちょっとここで待っててね。バーバ、預けていた眼鏡を受け取らなきゃいけないから。終わったらプリン、食べにいきましょうね」

「うん」

男の子は素直に頷いた。バーバと名乗る年配の女性は世にも幸せそうな顔で「いい子ねえ」と言いながら男の子の頭をなで、「本当にいい子！」と、さらに腰をかがめると両手を広げてギュッと男の子を抱きしめた。男の子はちょっと迷惑そうに視線を逸らしたが、ぐずることなく素直に抱きしめられている。

私が結婚し、子供を産んでいたら母はこんなふうに孫を可愛がってくれただろうか。加奈のところに三人も腕白坊主とお転婆がいるからそれで満足していると思うが、私の子供もいればそれなりに喜んでくれたにちがいない。

「ご来店のお客様にお問い合わせ申し上げます」

館内放送が始まった。男の子から目を離し、私は声の聞こえるほうへ耳を集中させる。

「安田有里様、安田有里様。お連れの方が本館一階、正面ライオン口でお待ちでございます」

私が呼ばれている。間違った放送をしているのではないか。違いますよ、安田東子を探してほしいのに。どういうこと？

振り向いて、さきほど連絡をしてくれた店員を探すが、医務室のことで姿を消してからまだ戻ってきていない。他の店員さんはいないのか。みんな接客中だ。とにかくなんとかしなければ。

「繰り返します。安田有里様、安田有里様。安い田んぼの有る無しの里さま。本館一階、正面ライオン口に、安い田んぼの東の子が待ってますからね、ほほほ」

ほほほって。なにこれ。まわりの買い物客が笑っている。こんな館内放送が流れれば、そりゃみんな、笑うだろう。私が安田有里だとわかったら、もっと笑われる。とにかく急いでライオン口へ向かわなければ。私は小走りでエレベーターに。いや、エスカレーターのほうが早いか。

ライオン口に到着してみれば、母を囲んで数人の女性が集まっていた。制服姿の人と私服の人もいる。

「あー、来た来た」

母が私を手招きしている。どういうつもり？　いったいどこにいたの？　叱りつけたいところだが、まわりの人たちの手前、そう不機嫌な顔はできない。

「これが私の娘。有里です」

紹介されて苦笑いをしながら頭を下げる。

「まあ、こんなに大きくなられたのね」

いちばん年配の六十代ぐらいの私服の女性が感心したように私の顔を覗き込んだ。

「朽木《くちき》と申します。初めまして。ではないんですけど、あなたが小さい頃、ここで迷子になられて。そのときは私がご案内を放送したんですよ。なんてったって東子先輩の大事な大事なお嬢様だっていうから、そりゃ緊張しましたよ」

「東子先輩？　迷子？　私が？」

意味がわからない。

「あら、覚えてらっしゃらないのね」

朽木と名乗る女性が母へ顔を向けた。

「小さかったからねえ」

「そういうことじゃなくて。なんで携帯電話に出ないの？　探しようがないじゃない。いくら探しても見つからないから館内放送をお願いしたら、私が呼び出されて、もう」

「ごめんなさいね、心配かけて。昔の職場に遊びに行ってたのよ」

「携帯は？」

「携帯？　それが、ないの。ウチに置いて来ちゃったのかもしれない」

「まったくもう。昔の職場って？」

すると母はまわりにいた人たちに目を向けて、

「今はこの方たちが働いていらっしゃるとこ」

「だから、どこよ」

「電話室よ。館内放送したりするとこ」

「うっそでしょ」

「うっそじゃないの。そこで皆さんとお喋りしてたら、あなたから迷い人の依頼が来たからびっくりしちゃって。で、私がやりますって。久しぶりに放送室に入って。楽しかったあ！」

「やだ、あれ、ママの声だったの⁉」

「上手だったでしょう」

母娘のトンチンカンなやりとりを聞きながら、みんなが笑っている。笑いながら朽木さんが口を挟んだ。

「お母様は我々の大先輩で、電話室では伝説の方なんですよ。優秀で。後輩たちは全員、お母様の残された要項を参考にして、日々アナウンスの勉強をしているんです、ね、皆さん！」

「はい！」と残る若い三人がにこやかに頷いた。

「ではそろそろ、職場に戻らなければならないので。東子先輩、ここで失礼いたします」

朽木さんに連れられて残る三人も深々とお辞儀をした。

「どうもありがとうございました。いろいろご迷惑かけました」

「ご迷惑だなんてとんでもない。是非また、お嬢様もご一緒に遊びにいらしてください」

互いに何度も頭を下げ合って、そして電話室の女性たちは静かに店内へ歩き出した。その姿が見えなくなった頃、母が私に話しかけた。

「これでおあいこ」

「おあいこ？」

「だって三十五年前にあなたが迷子になって私が慌てて館内放送をお願いして。今度はあなたが私を探すのに館内放送をお願いして。やることは同じだったわね」

「なにそれ、仕返しってこと？」

「そんな滅相もない。あなたが迷子になったとき、私がどんなに焦ったことか」

「いつのこと？　ぜんぜん覚えてない」

「五歳。私がパパさんと結婚して一年ちょっと経った頃かしら。有里ちゃん、私にぜんぜん懐いてくれなくてね。だから私、幼い加奈ちゃんはパパさんに任せて、できるだけ有里ちゃんと二人の時間を作ろうと思って、よく三越に連れて来たのよ。でも、あなた、デパートは人が多いからお手々つなぎましょって言っても、両手を袖の中に隠して黙ってどんどん歩き出しちゃうの。で、ちょっと私が買い物している隙に、いなくなっちゃったのよ。私、泣きそうになった。人さらいにでも遭ったらどうしようかと、死ぬほど心配したわ。パパさんだけじゃなく、あなたのお母様に面目が立たないと思ったし」

「で、館内放送を頼んだの？」

「そうそう。直接、裏動線を通って電話室に駆け込んだの。私がマイク握って、有里ちゃーんって叫びたいくらいだったけど。他のお客様もいらっしゃるしね。あのときは我慢したのよ」

で、今回はやっちゃったってことか。私は吹き出した。

「当時まだ新人だった朽木さんが『落ち着いてください。必ず見つかりますから』って なだめてくれて。放送してくれたの」

「ふうん。ぜんぜん覚えてない」

母は笑った。「見つかってよかった」と呟くように言い、それから、

「さ、地下で晩のおかずでも買ってそろそろ帰りましょ。パパさんが待ってるから」

そう言うと、きびすを返して店内を歩き出した。その母の手を私は取る。母が驚いて、反射的に振り向いた。

「やだ、どうしたのよ。今さら」

そう言いながらも、手を引っ込めようとはしない。

「だって、また迷子になられたりしたら困るからね」

母が足を止め、じっと私の目を見た。それから、

「それはお互い様のことでしょ」

私と母は人目も気にせず、つないだ手を大きく振りながら、地下に降りるエスカレーターに向かって歩き出した。

アニバーサリー

恩田 陸

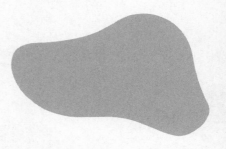

「うむ？　なんだか、鼻がムズムズするな。ここ数日、ずっとだが」

「あら、あんたも？　あたしもよ。奇遇ね」

「何やら、背中のあたりがソワソワして落ち着かないような──こんなことはずいぶんと久しぶりだ」

「あんたの言う久しぶりって、いつのこと？」

「四十年──いや、もっと以前──七十年くらいかの？」

「久しぶりっつうか、昔よね」

「おぬしも、たいしてワシと歳は変わらないはずだが」

「やあね、レディーに対して歳の話をするなんて」

「失敬」

「にしても、なんだかあたしも胸がドキドキするわ。こんなこと、最近、なかった。何か、心当たりある？」

「いや。特に異状は感じないし、心当たりもない」

「ヘンね。あんたと話すのも考えてみりゃ、ご無沙汰だし。何に起こされたのかしら」

「わうわう」

「きゃんきゃん」

「誰だ、そこで鳴いてるのは」

「わうわう」

「きゃんきゃん」

「えらく遠くから聞こえてくるわねー。えっと、ひょっとして、二人？」

「犬っす」

「は？」

「おいらたち、犬っす。見た目は白と黒で全然違うけど、実はおいらたち、きょうだい犬っす」

「犬？ 犬なんてこの建物の中にいたか？」

「ペットショップはないはずだけど」

「ひどいっす。おいらたち、この中で最年長っす。ざっと二百歳越えてるっす。ずーっと地下にいるっす。おいらたちの本体は、うんと遠く離れた『べるりん』とやらにいるらしいっす」

「あれえ、ひょっとして、地下道に展示してある、あの絵巻？ わざわざ複製して作ったっていう」

「わうわう。てやんでえ、こちとら江戸っ子でい」

「きゃんきゃん。お江戸名物、犬の糞」

「犬でも江戸っ子っていうのかしら？　とにかく、アレよね。『熈代勝覧《きだいしょうらん》』絵巻。二百年前の日本橋を描いたやつでしょ」

「おお、ワシも見たことがあるぞ。えらく活気に満ちた、楽しそうな絵であったな。千六百人を超える人物と、犬や馬や猿まで出てくる、賑やかな絵巻での」

「なるほど、あんたたち、あの絵巻の中にいる犬なのね」

「あれを見ると、当時の商売や風俗がよく分かる。実に達者な筆使いでな。残念ながら、描いた絵師の名は不明なようだが。なにより、ここのご先祖の店が出てくるのだ」

「大店よねー。絵巻が一八〇五年頃の日本橋を描いたってことは、分かってる。初代の創業から今年で三百五十年ですってよ。凄いわ」

「なにしろ、ご先祖は近代ビジネスの祖だからのう。現金払い、量り売り、広告に社員教育」

「なんでも最初に始めた人ってのは偉大よね」

「元は呉服屋だったのだ」

「でさあ、江戸のきょうだい犬がなんの用？」

「分からないっす。なんか、胸騒ぎみたいなもんを感じたっす。海のほうから、何やら懐かしい匂いがして、ぶるぶるっときて、起こされたっす」

「あら、この子たちもあたしたちと同じようなものを感じたのね」

「うむ。そのようだな。どうやら悪いものではなさそうだが――」

「わらわが思うに、この異変は海の向こうのとっくにでの出来事に由来しているのではないかということじゃ」

「唐突に、誰よ、あんた。やけに時代がかった言葉使っちゃってさ。『わらわ』なんて名乗る人、初めて。聞いたことのない声ね」

「おぬし、本当に聞いたことないのか？　ワシも久しぶりだが」

「誰？」

「店の吹き抜けのところにいる彼女だ」

「えっ、ひょっとしてあのド派手な天女？　極彩色で、見てるとクラクラしてきそうなあのデカい女？　へえー、そういう声なんだ」

「ド派手とかデカいとか、言わせておけばなんじゃ、おのれはさっきから。わらわは、京の奥座敷、貴船神社に生を受けたヒノキが、佐藤玄々《さとうげんげん》先生に心血を込めて彫られて生を授かり、ずっとここで衆生を見守っておるのじゃ。腰を下ろして安楽にしておるおのれらとは違う。ここでひたすら慈悲を祈って佇み続けるたいへんさが分かるか」

「確かに、ずっと立ったまんまで、見られてるってのはストレス溜まるわよねー、いくら天女でもさー。でもデカいのは事実でしょ。十一メートル近いんだもん。しかも重いのよねえ？　こっちのえらそーなライオンのおっさんより断然、体重あるでしょ？　七トン近くあるんだっけ？」

「体重の話とは失礼な。わらわを誰と心得る、バチあたりめが」

「おっさんとはなんだ、おっさんとは。ワシはわざわざ『えげれす』で注文を受けて、『えげれす』の立派な彫刻家が制作し、高名な鋳造家にブロンズ像にしてもらって、海を越えてはるばるここまでやって来たのだぞ。戦時中はいったんお国に供出されたが、結局溶かされることなく、戦後東郷神社で見つかって、この地に戻ってきた、奇跡と呼ばれた像なのだ。見てみい、あやかろうと皆が撫でた痕があろう」

「あらまあ、東郷神社で狛犬の代わりでもしてたわけ？」

「我慢ならん。おのれはいったい誰じゃ？　名を名乗られよ。なぜわらわや獅子殿に対してタメ口なのじゃ？」

「あたし、富士山」

「はあ？」

「そいつはな、上の特別食堂『日本橋』の個室に掛かっている、偉い画伯が描いた富士山なのだ」

「そう。普段は、お部屋の壁紙の京唐紙とおしゃべりしてるの」

「ええ？　富士山じゃと？　おのれ、言うにことかいて富士山に体重の話なぞされとうないわ。おのれのほうがよっぽどデカいし重いではないか」

「だって、あたし、絵だもん。10号あるかないかの大きさだしい。色も赤と白基調で可憐だしい」

「なにが可憐じゃ。よく言うわ。岩の塊でゴツゴツしてる癖に」

「あんたこそ、『まごころ像』って呼ばれてる割にツンケンしてるじゃん」

「これこれ、つまらぬ諍《いさか》いはよしなさい。それより、天女どの、わざわざ話しかけてこられたのは、天女どのも何か異変を感じたということだな？　とつくにの出来事というのは？」

「それが分からんのじゃ。ざわざわするというか、ウキウキするというか。それが由来するのが、遥か彼方の、海の向こうのこととしか」

「あら、あんたもそうなの？」

「どうにもじっとしていられなくなってな。おのれらが何やら噂しているのが聞こえてきたので、わらわも加わってみたまでじゃ」

「僕も、何か感じるよー♪」

「うわっ、でかい声」

「わうわう。びっくり仰天」

「きゃんきゃん。雷が落っこちた」

「パイプオルガンじゃ」

「僕は、誰かが遠くで歌ってるのが聴こえるよー♪」

「さすがはパイプオルガン、喋っていても歌っているようだの」

「あんた、アメリカ出身よね？　ひょっとして、あんたの故郷のほうから聴こえてくるの？　あたしらより耳がいいんだから、分かるでしょ」

「違うよー♪　僕んちのほうからじゃないよー♪」

「いちいち抑揚が大袈裟よの」

「もう少し小さい声で話してほしいっす」

「これでもかなり小声だよー♪　歳も取ったしー♪」

「あんた幾つ？」

「一九三〇年からー♪　一九三五年にここのバルコニーに引越したよー♪」

「いつも、背中で演奏されるのを聴いてはおったが、話すのは初めてじゃ」

「で、なんの歌が聴こえるの？　歌詞は分かる？」

「キレイな歌だよー♪　キレイな声だよー♪　心洗われる感じだよー♪　でも歌詞までは聴き取れないなー♪　ごめんー♪」

「能天気な奴よの」

「あまり物事を深く考えてなさそうじゃ」

「ひどいなー♪　ずいぶんな言われようー♪」

「文句も歌にしか聴こえん」

「でも、どうやら、遠くで何か大きなイベント的なものをやっているのは間違いなさそうね。こんなにみんなが反応するってことは、何かあたしたちと関係あるのかしら」

「僕も歌いたくなったよー♪　歌ってもいいかなー♪」

「今歌ってないっていうのなら、歌うとどうなるの？」

「(すうっと激しく息を吸い込む音)♪」

「やめておけ」

「歌わなくていいわ」

「美声なのはよく分かっておるぞ」

「（なんか淋しいなー♪）」


「ええっとぉぉー、ちょぉっと、ひとこと、よろしいでしょぅかぁぁー」

「また、誰か来たわよ」

「誰だ。やけに間延びした、気の長そうな奴だが」

「わたくしぃ、イタリアのほうから来ましたぁ〜」

「何よ、イタリアのほうからって。昔はよくいたわよねー、消防署のほうから来ましたってって消火器の押し売りする奴」

「でも、本当なんですぅ〜わたくし、今も昔も、ずぅっと〜、イタリアの大理石の中にいるもんでぇぇ」

「分かったっす、あいつですね？　階段の大理石の中にいる、アンモナイトってえ貝でしたっけ？」

「ええっとぉ、オウムガイの仲間なんですぅ、貝と誤解されがちなんですがぁぁ〜、厳密に言えばぁ貝ではなくぅ〜」

「知ってる、見た見た、心霊写真みたいな奴ね。印付けたり、○付けてみると、そこが顔に見えるっていう」

「目の錯覚じゃなくて〜、本当に中にいますぅぅ」

「ふうむ、そりゃあ気も長くなるわけだな、なにしろ一億年前とか二億年前の者どもだからな」

「おいらたちよりもぜんぜん上っす」

「で、何をひとこと言いたいのじゃ？　申せ」

「はあぁ。話は去年に遡りますぅぅ」

「遡るのか。やはり、気長よの」

「でえぇぇ、去年の九月に、『えげれす』の『えりざべす』様つうぅ、ど偉い女王様が亡くなったのはご存じでしょうかぁぁ」

「おお、エリザベス二世か。存じておるぞ。七十年という前代未聞の在位を誇られた方だ。映画スタアのようにお美しく、威厳があって、気品溢れるお方であった。一九七五年に来日しておられる」

「昭和天皇に、『私、これからアメリカに行くんですけど、あんな、こんなところ嫌だって出ていって、独立したって言い張る人たちの前で、いったい何を話せばいいのかしらん』って愚痴ったたって話よね」

「おいらたちも、『えりざべす』様の噂を聞いたことがあるっす。あのお方は大の犬好きで、子供の頃からずーっと、女王になられてからはお城でも、代々コーギー犬のみをおそばに置いて飼ってらしたって話っす」

「んじゃあ、おいらたちが目を覚ましたのは、『えりざべす』様がみまかった虫の知らせってえ奴なのかい？」

「にしては、去年の九月だろ。そんな昔じゃあ、『えりざべす』様もとっくに腐っちまってらあ」

「わうわう。こちとら、江戸っ子でい」

「きゃんきゃん。腐ったもんなんか食えるけぇ」

「ちょっと、女王様と江戸前の魚を一緒くたにしないでちょうだい」

「そもそもぉ、この店はぁ、英国王室とのゆかりが大層深いんですぅ～。この店が明治に『でぱーとめんとすとあ』として出発した頃からぁ、既に『えりざべす』様の曽祖父様、『えどわーど』七世の代理としてぇえ、弟の『こんのーと』親王てお方がぁぁ、何度も来店されておりますぅぅ」

「ほう、そうなのか。それは知らなかった。元々、ワシもトラファルガー広場の獅子にあやかって造られたものだからな」

「向こうの高級百貨店、『はろっず』を目標にしてたのは有名な話よね」

「店内に『はろっずしょっぷ』ができた時は、店に来るどのおなごも、いや、店の中だけでなく、街をゆくおなごたちも、皆あの布バッグを持っておったわ。内緒だが、わらわも欲しかったぞ」

「『あん』王女さまってお方も、一回来店されてますぅ～」

「アン王女も？　それも知らなかったのう」

「そしてぇぇ、『えりざべす』様のご長男、『ちゃーるず』っていうお方もぉ、奥方と一緒にい～、来店されてますぅ～」

「あったわね、ダイアナ・フィーバー。何年の話だっけ？」

「一九八六年ですぅ～」

「チャールズ皇太子は、確か、一九七〇年の大阪万博の際に、初めて来日されておられるはずじゃ」

「ダイアナ妃、お綺麗だったわあ～。背が高くて、真っ白なスーツがお似合いで。それこそアイドルみたいな扱いだったわよねー」

「パリで事故に遭われたのはショックだったのう」

「事故当時つきあってたのが、中東の大富豪で、それこそ『はろっず』を買収した男の息子じゃなかったっけ？」

「いろいろ陰謀説もあったのう」

「ダイアナ妃が亡くなった時って、たったの三十六歳だったのよ！　若すぎる！」

「んでぇぇ～、実は、本日がぁぁ、『ちゃーるず』様が『えりざべす』様の後を継いで国王になられる、戴冠日なんですぅぅ～」

「なんと！」

「なるほど！」

「わうわう！」

「きゃんきゃん！」

「道理で、めでたいのう」

「そういえばー♪　さっき、そこだけ歌詞が聴き取れたよー♪　ゴッド・セイブ・ザ・キーング♪」

二〇二三年五月六日。

ウェストミンスター寺院で、チャールズ三世の戴冠式が執り行われた。

一九五三年のエリザベス二世の戴冠式よりちょうど七十年。

七十年ぶりにイギリス国歌の歌詞が「ゴッド・セイブ・ザ・クイーン」から、「ゴッド・セイブ・ザ・キング」に書き換えられたのであった。

七階から愛をこめて

柚木麻子

アンナがいとこへのプレゼントを、日本橋三越本店から送りたいと言い出した。スンドゥブチゲ専門店のバイトをそれぞれ時間差で上がったあと、僕たちは表参道駅の銀座線ホームで待ち合わせした。生まれてこのかた二十年、東京を離れたことはないけれど、この三越前駅で降りるのは初めてだった。

ホームから伸びる短い階段を上がって、改札を抜けた。銀座線はどの駅もそうだが、まだ日本人が小柄だった時代に作られたもののせいか、通路の天井がとても低い。僕にはちょうどよいが、アンナは今にもニット帽の頭をぶつけてしまいそうだ。湿った地下鉄の風に乗って、三越地下一階から食べ物のにおいが流れてくる。昆布とお寿司と生ハム、柑橘《かんきつ》の香りを混ぜたような、いかにも師走といったきらめきにわくわくする。

「『はだしのゲン』って最近、キャンセルされてたべ？　やなせたかしも、ゴリゴリの反戦主義者じゃん。目立って批判もされていないよね？　それどころか、日本人みんなアンパンマン大好きじゃん」

僕はアンパンマンよりも、断然プリキュア派だけどね。

アンナの声は体格がいいせいもあって、太くてよく通るから、通路を行き交う何人もが振り返る。大学のある渋谷界隈《かいわい》と違って、この辺りは年齢層も高く、落ち着いた雰囲気だ。着物に暖かそうな羽織を合わせている女性の姿も目立つ。同じバンドのピアノボーカルとしては、この声量はうらやましいが、静かにしなよ、という意味を込めてこうささやいた。

「一応、毎回ばいきんまんをぶっとばしているから、強めのメッセージ性がちょうどよく薄まっているんじゃないの?」

アンナのつながりかけの眉もたっぷりした髪も褐色がかった黄金色だ。顔中うぶ毛だらけで、指もうなじもふさふさしている。目の色は淡く、たくましい顎《あご》は割れている。ただでさえ目を惹く風貌の上、今日もそうだが大抵ギターケースを抱えているせいで、街中で身振り手振りで話していると、マスク越しの目がいくつもこちらに向けられる。

実際、ロシアの軍事侵攻が始まってから、アンナは外見を理由にバイト先で酔った客から嫌な絡まれ方をしたことが何回もあった。そんな場面に遭遇すると、僕は「それ以上、迷惑行為をされるようでしたら、通報しますね」と笑顔で告げるようにしている。加害者どころかアンナまで泡を食ったような顔をするから「ヘイト行為は日本国憲法第十四条で禁止されている」と、法学部二年として真顔で答えるようにしている。

戦争が始まってから飛行機代が高騰し、アンナはあと数日で二〇二三年を迎えようとしている今なお、祖父母にもいとこ家族にも二年近く会っていない。そのため、バイト代が出ると、必ずアンパンマンのグッズやお菓子を買いあさってはロシアに送っている。「ピロシキおじさん」というキャラクターがいるせいもあってか、サンクトペテルブルグで暮らす五歳の姪《めい》・ダーリヤちゃんは、ネット配信で見るアンパンマンに夢中らしく、それで日本語を覚えつつあるそうだ。

地上に出たら、日本橋は夕暮れに包まれて、あちこちに灯った蜜色のあかりがぽわっと石畳を照らし出す。離婚直後の母と歩いたロンドンを、ふと思い出した。僕らは通りの反対側に渡って、正面から本館をじっくり眺めた。絞り出しクリームで精巧に飾ったような石造りの白い壁に赤いひさしが映える。大正時代は東洋一の超高層ビルだったらしいが、今では周囲の新しい建物に比べるときゅっと小さくて、バターケーキみたいに愛らしい。母と暮らしているのがタワーマンションのせいか、こういうクラシカルな建物は、昔からなんだか落ち着く。

二頭のライオンに守られたエントランスは、魔法の世界に誘う入り口のようだ。

「ディズニーランドみたいじゃん」

「タダで入れるから、ディズニーランドよりコスパいい」

そんなことを言い合いながら、アンナと僕は本館やライオンを背景に、気が済むまでお互いを撮りあった。インスタにあげると、すぐにいいねとコメントがついた。インスタライブの最中でさえ、たった一件の意地悪コメントが見過ごせず取り乱すアンナと違って、僕は撮影も動画編集も上手いし、余計なことを言わないから、SNSには昔から向いている。

一階に足を踏み入れようとしたら、右側のライオンの目玉がぐるっと動いた気がして、僕は、青銅色の胴体やたてがみに目を向けた。本当に遊園地みたいな仕掛けがしてあるのかな? と面白くなっていた。

「このライオンにまたがると、夢が叶うっていう伝説があるらしいのよ」

「あら、やったことある人、いるのかしらね」

上品そうな年配の女の人二人がそう話しているのが、すれ違い様、偶然、耳に入った。

「なんだか、三越って時間が止まったみたいねえ」

「そうそう、ここの中だけはいつの時代も変わらないのよねえ。延宝時代から続いていて、戦争にも震災にもなんでだか負けなかったんでしょ。なんだか、不思議な力が働いて守られているみたい」

短い階段を上がると、化粧品の香りが押し寄せてきて、ふわっとパフのように顔をはたく。真っ白な高い天井は、切り絵のようなデザインで彩《いろど》られている。行き交う人のあたたかそうな服装も、暮れらしいざわめきも、まばゆい。そんな光景が一瞬、上下に大きく揺れたような気がしたが、周囲の反応をみる限り、地震というわけではなさそうだ。

「ああ、あれでいいや、あれにする」

傍のアンナはいきなりそう言って、すぐそばのハンカチ売り場に早足で向かうと、一〇〇〇円しないくらいの花柄のタオルハンカチを無造作につかみとった。店員さんがカウンターに置いた配送伝票に、早くも大きな背中をかがめて、僕には読めないロシア語の住所を書き付けている。せっかくなんだから、もっとショッピング楽しもうよお、と僕は口をとがらせたが、アンナは「こんな高そうなデパートじゃ、私、ハンカチ一枚くらいしか買えないよ。手紙とカードと一緒にやなせたかしの包装紙で送れれば、それでいいんだよ」とこちらを見ずに返してきた。アンナがリュックサックから取り出した、祖父母やいとこ宛の手紙とダーリヤちゃん宛のアンパンマンのカードを渡し、「これも一緒に」と言い添える。三十代半ばくらいの女性の店員さんがさっそく、くだんの包装紙を広げた。僕が予想していた可愛いキャラクターのモチーフはなく、白地に濃い朱色の石ころのような楕円がいくつも描かれていて、目を凝らすとその一つに「mitsukoshi」と筆記体のレタリングが施されている。

アンパンマン作者のやなせたかしには従軍経験がある。一九四七年に三越に入社し、宣伝部でデザイナーを務めていた。五〇年のクリスマスから現在までずっと使われている画家の猪熊弦一郎《いのくまげんいちろう》がデザインした包み紙には、社員であったやなせたかしのサインがひそんでいるのだという。せっかく今年最後のプレゼントなのだから、あの包み紙で、なにか送りたい、とアンナはさっき銀座線に揺られながら力説していた。いずれも、やなせたかしのことをネットで調べているうちにたどり着いた情報だそうだ。

「おかしいよ。同性婚できないのにBLは大人気とかさあ、軍拡反対と言っただけで叩かれるのにアンパンマンは大人気とかさあ」

店員さんのぱたんと紙を内側に折り込んでいく美しい所作に見惚れながらも、アンナはまた話を蒸し返しつつある。ああ、また杏奈《あんな》ちゃんに戻っちゃった――。

「アンナもバズりたかったら、杏奈ちゃんみたいにインスタでアニメの話したらいいじゃん。アンパンマンのマーチでも演奏して動画投稿してみたら？」

と、特に深い考えもなく言ったら、なめてんのかコラ、とアンナにブチ切れられた。あまりの剣幕に店員さんが包装の手を止め、苦笑いしている。

「あんなヲタ媚《こ》び日本媚びが過ぎる、加工やりすぎ、いっちょかみあざと女なんか誰が真似るかよ」

杏奈ちゃんの話となると、アンナはいつにも増してヒートアップする。本人は認めたくないだろうけど、杏奈ちゃんへの嫉妬《しっと》と憎しみと愛が一緒になって、相当面倒くさいことになっている。

でも、奏《そう》とアンナって、付き合っているの？　とサークル仲間に聞かれるたびに嫌すぎて泣きそうになるのは、このしつこい性格のせいではない。そもそも恋愛という感情が僕はまだ、あんまりよくわかっていないのだ。男の子からも女の子からも、わりあてられた性別がつらい人からも、付き合って欲しいと申し込まれることは、中等部時代から始まり今なお、それなりにある方だ。だけど、高校時代は新型コロナウイルス対策で思い出らしい思い出が何一つなかったので、今は軽音部の活動や、アンナと大騒ぎする時間を大事にしたい。アンナも気になる相手がいたりいなかったりするようだけど、僕らはもっぱら趣味に忙しい。

アンナにどつかれた瞬間、何かに足をとられ、僕は転びそうになった。咄嗟《とっさ》にカウンターに手をついたせいで、カードが床に叩き落とされてしまった。アンナは「あ、ごめん、やりすぎた」と僕の腕を引っ張り上げる。つるつるの床に受け止められて、カードが自然に左右に開いた。「アンパンマンのマーチ」のオルゴールが案外大きな音で流れ出し、すぐそばの棚を眺めていた女性がこちらを振り返った。拾い上げる時、そこにはダーリヤちゃんのためにか、歌詞がキリル文字でびっしり書いてあるのがちらりと見えた。アンナのこういうきめ細やかなところを、僕は密かに尊敬している。

店員さんに僕から再度、カードを差し出した。

見下ろすと足元に、包装紙の模様そっくりの朱色の石ころが落ちていた。アンナのせいではなく、これでつまずいたらしい。良く見ると、石にも包装紙と同じく「mitsukoshi」と細くサインしてある。ディスプレイ用の何かかな、と不思議に思いながら、そのひんやりした石をつまみ上げる。店員さんに「これ、落ちてましたよ」と差し出した。店員さんは不思議そうに石を受け取ると、それを初めて目にするかのようにしげしげ見つめている。

「なにあれ、包装紙から模様がこぼれ落ちたみたいなリアクションだったね」

配送伝票の控えを財布に仕舞《しま》いながら、アンナはくすくす耳打ちしてきて、僕らはハンカチ売り場を離れた。

「アンナ、これで予定すんだなら、次は僕の用事につきあってよ。七階の特別食堂ってところでお子様ランチ、たべよ？　おごるし」

アンナと日本橋三越に行くといったら母に、せっかくだし、それだけは絶対食べてきなよ、とおこづかいを渡されたのだ。母はアンナを気に入っている。今日アンナが携えているアンプ内蔵エレキギターも、学生時代バンド活動をしていた母のお下がりだ。

ヘッドフォン付きだから部室が使えない冬休み、アパートでも練習できて助かる、とアンナは愛用している。

大井町線で一本なので、二子玉川の我が家に、アンナはしょっちゅう遊びに来るし、客間に泊まることさえあった。

「嬉しい！　私、お子様ランチとか生まれてから一回も食べたことないんだけど」

「うん、実は僕もないんだよね」

目の前に吹き抜けの巨大空間が現れた。中心に天女像が聳《そび》えている。ちょっと前にネットで「ラスボス」として話題になった、まがまがしい極彩色の渦巻きは、すべてを見透かすようにデパート全体を睥睨《へいげい》している。それを一階から五階までの各階の通路がぐるりと取り囲み、はるか彼方の天井のステンドグラスにまで連なっている。三越グループといえば、もっぱら新宿伊勢丹しか行かないので、ものめずらしくてさっきから僕もアンナも周囲をきょろきょろ見渡してばかりだ。

「奏が日本橋三越初めてとか意外なんだけど、ママとよく行ってそうじゃん」

「ママやその友達とのアフタヌーンティーのお供でマンダリンオリエンタルに行くときに、よく裏は通るよ。中に入ったのは初めてかも。記憶にはあんまないけど、中等部受験の時、おばあちゃんとブレザーを買いに来たことはあるかな？　そうそう、今日はおばあちゃんにもおつかい頼まれてるんだ。丸海の小鯛の笹漬けとおせち用の小布施堂の栗きんとんを買ってきてって」

言い終わるより早く、文化資本〜、とアンナが大げさなため息をついた。母親をママ呼びするような華奢《きゃしゃ》な男が楽しく生きていられるのは、母親が弁護士の裕福な都会育ちだからで、私と同じ環境だったら、ひどいあだ名がつけられ、心折れるまでいびられるんだぞ、と日頃から何かにつけて脅される。

釧路で生まれ、小さな水産加工業を営むお父さんは日本人、それを支える元ホステスのお母さんはロシア人。うちの大学には奨学金で通い、調理師専門学校に通い始めたばかりの妹のリイナさんと大井町の女子専用アパートで暮らしている。今は堂々と振舞っているが、小学校の頃はミックスルーツを理由に随分いじめられたらしい。ロシア語をしゃべれないことも、からかいのネタになった。中学では先生と相性が悪く問題児扱いされ、友達もおらず、学校が終わるといちもくさんに帰宅し、韓国のアイドル動画を見ることだけが楽しみだった。高校で趣味の合う女の子たちと巡り会いバンドを結成。ようやく充実した毎日が始まるかと思ったら、まさかの新型コロナウイルスの蔓延で練習の場はもちろん、発表のチャンスでもある大会や最後の文化祭まで奪われた。泣く泣くすべてを大学受験に懸けることを、決めた。

アンナが僕にイラつくのは十分すぎるほど理解できる。でも、どういうわけか新歓で出会った時から、運命的に波長が合った。好きな韓国のアイドルグループも推しメンもカバーしたい曲も同じだった。一年の夏休みには、同じバイト先を迷わず選んだ。ピアスも新大久保で一緒に開けた。卒業旅行は二人だけで韓国に行くと今から決めている。いつものように僕の特権をあげつらっていたアンナが、ふいに、ぴたりと口をつぐんだ。

頭上から降ってきたのは、これまで一度も聞いたことがない力強いメロディだった。周囲の大理石に反響し、デパートの隅々にまで響き渡っている。音源に目を向けると、天女像の奥、二階のバルコニー部分に緑色の分厚いカーテンが張り巡らされ、その前に古いオルガンが置かれている。プロテスタント系の附属中高の朝礼拝で目にしていたパイプオルガンとよく似ている。パイプ部分はカーテンの向こうに隠されているのかもしれない。僕は五歳からピアノを習っていたので、先生に頼まれて、何度か演奏したことがあった。

「あんなに古いオルガンでも自動演奏とかできるんだねー」

と、アンナは目を見張っている。そういえば、オルガンの前に座っている人はいない。目を凝らしてみると、三段揃いの鍵盤が勝手に動いている。すかさずスマホで検索すると、このオルガンが三越にやってきたのは一九三〇年。修復を重ね、今なお定期的に演奏会が行われている、とわかった。どこかのタイミングで改造したんじゃないの？　と僕は適当な予想を口にした。周囲を見渡しても、みんなオルガンの音色に目を細めてはいるものの、訝《いぶか》しがる人は特にいなかった。アンナは僕が先を促すまで、オルガンをいつまでも見つめていた。

アールデコ風のエレベーターにも心惹かれたが、僕らはエスカレーターで七階を目指すことにした。左右の壁はピンクがかった大理石でできていて、ところどころ、鉱物のようなものがきらっと輝き、遺跡の中に迷い込んだみたいだ。日本橋というと、なんとなくマダムっぽいブランドしか入っていないような気がしていたが、三階が近づくなり、ジミーチュウのロゴが目に飛び込んできた。

「服見ない？　ハイブランド多めだけど、試着だけでもしようよ。普段の服選びの参考になるよ」

と提案したが、前の段に立つアンナは「似合う服、わからんし」とそっけない。アンナはいつも黒ずくめで、身体の線が出る服を着ることはまずない。

「アンナさ、骨格ストレートだから首回りのデザインがすっきりしたハリ感ある素材のワンピースとかペンシル型のスカートとか、似合うんじゃないの？」

と、いつも母にありがたがられる類のアドバイスを口にしてみたら、アンナは顔をしかめ、どうせ、二次元体型のあの女とは違いますよ、とふてくされた。

「ほら、結局、アンナはさあ、杏奈ちゃんのこと一番推してるんだよ」

取りなすつもりで言ってみても「あいつの話すんな」とくってかかられてしまう。それこそ、さっきのライオンのたてがみみたいに、もみあげのうぶ毛がわさわさ逆立った。

アンナと同じ名前の上に同じロシアのルーツを持つ杏奈ちゃんは、我々より二歳年上の大人気インスタグラマーだ。その影響はアンナの日常レベルにまで及んでいて、ゼミ飲み会でも「え、あの杏奈ちゃんと名前どころかルーツまで同じなんだ！　もしかして親戚だったりするの⁉」と騒がれているのをよく見かけるくらいだから、会ったこともないのに、ここまで疎《うと》んじるのもまあ、無理はない。

しかし、杏奈ちゃんとアンナとの共通点は前述の二点だけである。ロシア人のお父さんは権威あるロシア文学研究者で、日本人のお母さんは麻布の人気ロシア料理店のオーナー。モスクワ生まれで十歳で日本にやってきて国籍を取得した杏奈ちゃんは、ほっそりとしたモデル体型で白に近いプラチナブロンド、きらきら輝く青い瞳を持つ。四谷の有名私大の準ミスに輝き、日本語、ロシア語ばかりか英語も堪能だ。華やかな経歴ながら、日本のアニメや漫画が大好きで、陰キャを自称している。有名なキャラクターのメイドコスプレを投稿したことで、人気に火がついた。軍事侵攻が始まった時は、杏奈ちゃんはどのインフルエンサーよりも早く、毅然《きぜん》とウクライナ支持を表明した。生まれた国をまっこうから批判して、その姿勢は絶賛された。以来、大手メディアでコメンテーター的な活躍もするようになっているが、そんな時は必ず日本の人気アニメコスプレをハイクオリティで貫くために、絶妙に敵をつくらずシリアスにもなりすぎない。噂ではキー局のアナウンサーの内定を得ているという。全方位に賞賛されている杏奈ちゃんに、アンナは常にひがみを通り越した冷酷な視線を向けている。

そんな杏奈ちゃんが三日前に炎上し、インスタグラムのストーリー投稿を削除した。昨今の日本の軍事費拡大についての反対意見を表明したためである。

——私にとって第二の故郷でもあるロシアが犯した悲しい過ちを、大好きな日本に繰り返してほしくないです。武力は私が愛する、アニメや漫画、真っ先に文化を殺してしまうものです。おねがいです。どうか、ふみとどまってください。

という意見は極めて低姿勢かつ穏健だったと、僕は思う。しかし、ネットでは「そもそもお前の国のせいで世界がこんなことになってんだよ」「キラキラお花畑」「じゃあ、実際に攻撃されたとき、あなた一体なにができるんですか？」と批判だらけだった。

杏奈ちゃんのファン層を占めるアニメ好きには、ああいう意見は受け入れられなかったのかなー、まあ、杏奈ちゃんのことだからすぐになにごともなかったように復活するだろう、くらいに僕は簡単に考えている。しかし、アンナはこの数日ずっと怒り続けている。宿敵のはずだった杏奈ちゃんにではなく、にわかにTwitterでも湧き始めた杏奈ちゃんのアンチに、である。アンナはあまりにもフォロワーが増えないため、ずっと放置していたTwitterに舞い戻った。そして、杏奈ちゃんにクソリプを送るやつらに「私もロシアとのミックスルーツを持つ日本国籍の女ですが？」とわざわざ名乗り、一人一人に律儀に絡みにいった。無謀に思えたが、アンナの執着と気力に、最初はヘラヘラしていた連中もこれはまずいと青ざめて何人もアカウントを消すに至っている。

四階を通過する時、なにか変だと思った。エスカレーターから身を乗り出した時に、思わずあっと声が出た。さっきまで確かにそこにあった、天女像も吹き抜けもオルガンも消えているのだ。辺りは見渡す限りの天井の低いフロアで、それも随分と古めかしいものばかり並んでいる。ガラスのツボとか水差し、透《すか》し模様のある銀食器、動物を殺した形そのままの頭がついた毛皮の敷物とか。アンティークの催事だろうか。店員さんも着物姿が目立つ。毛皮って倫理的にヤバくない？　と僕はアンナにささやいたが、返事はない。

さわさわとアンナの産毛が手の甲にずっとあたっていて、前にいるのに変なの、と思っていたのだが、横を見たら、エスカレーターの同じ段の隣にライオンが座っていた。悲鳴はでなかった。ライオンは僕に目もくれず、さっさと前足を上の段にかけるとエスカレーターを登って行った。タッセルみたいなしっぽがぬるりと僕の頰を撫でた。周囲の誰も気にしていない。犬かなにかを見間違えたのかなと、納得しようとする。

「奏、どうしたの」

アンナは怪訝《けげん》そうな顔をしている。五階を通過する時には、もうちゃんと吹き抜けも天女像も元に戻って、オルガンの自動演奏も、ここまで届いていた。霊感なんてもの、僕にあるわけがない。大きく深呼吸する。これまで目にしたものは、新種のプロジェクションマッピングみたいなものかな、と忘れてしまうことにした。

僕らは本館七階の特別食堂にたどり着いた。どこまでも広がるやわらかな絨毯《じゅうたん》もぱりっと糊付けされた白いクロスがかかったテーブルの一輪挿しも、まだホームに入る前、おじいちゃんも元気だった頃のおばあちゃんの田園調布の自宅に雰囲気が似ている。僕らみたいな年齢の客は全然いなくて、年配の家族連ればかりだ。

「アンナ、なんか落としてるよ」

通されたテーブルの下に封筒のようなものを見つけ、僕は屈《かが》み込んで指差した。

「さっきカード、ハンカチにつけるの忘れたんじゃないの」

「それはないでしょ。店員さんが一緒に包むの、ちゃんとみたもん」

封書を拾い上げ、アンナはたちまち青ざめた。それをこちらに向け、

「なんだ、これ、やばくない」

と、声を震わせている。習字のお手本みたいな達筆で「遺書」と書かれているのだ。

「何、これから、ここにいる誰か死ぬの？」

「いやいや、案外、芝居の小道具の落し物とかかもしれないよ。ほら、六階に小さい劇場とかあったじゃん。確か」

アンナが動揺しているので、僕は店員さんを呼び止め、大人も頼める「お子さまランチプレート」二つを注文すると同時に「前の方の落し物みたいです」と告げ、押し付けるように遺書を差し出した。店員さんもそれを見るなり、ぎょっとしているようで、何も悪くないのにお詫びを口にし、小走りに立ち去っていった。物騒なものが消えて、とりあえず僕らは胸をなでおろす。

濃厚なコーンクリームスープに続きカニクリームコロッケ、三越のマークの旗がついたポテトサラダ、スパゲティ、ハンバーグ、チキンライス、オムレツが彩りよくもりつけられた皿が到着した。僕らは歓声をあげさっそくスマホを向けた。

「なんか、ガチでこの国でも戦争始まるんじゃないの、ちかぢか」

突然、アンナが不吉なことを言いだした。

「ほら、戦争が始まる直前って、作家とか有名人がさ、発言や文章を理由に叩かれて、刑務所にぶち込まれるようになるんだよ。まあ、いつだって文学史で評価されるのは、体制側について戦争協力した作家じゃなく、批判に屈せず反対を貫いた方なんだけどさ」

そういえば、アンナは意外にも日本文学科なのであった。

「だから、全方位ソツなしいっちょかみ加工女が燃えるとか、いよいよこの国も末期なんじゃないの？」

僕は曖昧《あいまい》に笑ってごまかした。アンナのいうことはもっともなんだけど、戦争が始まると言われてもピンとこない。ついこないだも、カバー曲を練習中の韓国のアイドルグループのメンバーの兵役が始まって、みんなでがっくりして、泣いたりする子もいた。僕もTwitterで徴兵制反対はリツイートしたけど、日本人の活動家による国内の軍拡反対のつぶやきとなると、積極的に拡散していいものか、ちょっと迷う。めんどうくさいのに絡まれたら嫌だし、そりゃ戦争は絶対嫌だけど、じゃあ、本当に他国に攻められたらどうするの？　と問われたら、僕、論破できるようなアイデアはまったくない。人と議論するのも苦手だ。

「アンナ、三越ってお子様ランチ発祥らしいよ？」

エモ写真が撮れたので#元祖お子様ランチとタグ付けしてインスタに投稿した。その直後、あれ、本当に元祖だっけ？　と不安になり、ウィキで確認したところ、やはりお子様ランチは一九三〇年にここ三越で始まったらしい。ということは、さっきのパイプオルガンが来たのと同じ年だ。当時はどちらも珍しかっただろう。三越は今みたいな老舗の位置付けじゃなくて、時代を先取りする流行の発信地だったのかな。

「一九三〇年代って明るい時代だったんだね」

「え、一九三〇年？　何いってんの。満州事変の一年前だっつの。いよいよ戦争に向かうところで、世相はめちゃくちゃ暗いだろうが。そうだよ！　今にそっくりだよ。これだから附属上がりはさあ」

ぶつくさ言った後で、アンナはお子様ランチを見下ろし、ふいにしおらしくなった。

「なんかごめん」

「どうした、急に」

「付き合ってもらったのに。さっきから当たってばっかりでさ。あのさ、さっき、オルガン聞いたせいだよ。さっきの自動演奏。あれ、ウクライナ国歌なんだよね。ウクライナは滅びずっていう曲。意識高いね。このデパート」

と、アンナはぽつりと言って、ポテトサラダから「三越」の旗を引き抜いてもてあそんだ。

「ウクライナってクリスマス、年末と年始に二回あるんだよ。だから、今も本当はクリスマスの最中」

サンクトペテルブルグの祖父母の家には昔から、ウクライナ人の友達が何人も出入りしているんだそうだ。アンナには言葉はよくわからないが、小さい頃から親しんだ顔ばかりだという。

「いつも奏にいろいろいうけどさ、こういう場所に付き合ってくれてありがとう。私ひとりじゃ、ハードル高くて来れないもん……。奏がいなかったら、私もっと引きこもりだったと思う。ほんと。彼氏なんかより、ずっと大事な存在だよ」

柄にもなくしんみりしているので、僕は慌ててしまった。

「え、なになに。なんか具合でも悪いの？　だいたいアナタ、彼氏、欲しかったっけ？」

「いや、普通に欲しいですけど！」

アンナがやっと笑ったので、僕はほっとした。

「ただね、奏と遊んでて、テンション上がると、楽しんでいる場合かよって、いつも天の声がして、ブレーキかかっちゃうんだよね。私だけが、楽しくていいのかなって。こんな……、人が大勢死んでいる時にさ」

ここにいると、時間が止まったみたいねえ、というさっきのおばあさんたちの声を思い出す。ブレーキがかかるだけ、アンナは立派だと思う。僕は苦労知らずで、こうやって場を盛り上げるくらいしか取り柄がない。でも、上手くいえないけど、この楽しい時間を守るためなら、僕はなんでもできるような気がしてる。もし、僕が勇気を出して主張するような時があれば、こういうアンナとの時間に罪悪感を抱かせるような何かと戦うためなんだろうと思う。

三越にいると、この世界は未来永劫平和で、これから先も僕は変わらずアンナや母やサークルのみんなと愉快に生きていけそうな気持ちになるけれど、一歩外に出れば、こうしている今も戦争が起きていて、日本の他国との関係はどんどん悪化し、格差は広がる一方で、特におかしなことを言ったわけでもない杏奈ちゃんの炎上は一向に治まる気配がない。

その時、僕らの真横を機関車を模した皿が通り過ぎた。あちらは小さな子しか頼めない「お子さま洋食」だ。六十代くらいの夫婦と娘らしき女性と八歳くらいの子どもが座るテーブルにそれは運ばれていく。機関車のえんとつからは、どうやらドライアイスらしい白い煙がもうもうと上がっていた。すごく映《ば》えるので、子どもが羨ましかった。

その煙がふわっとこちらまで流れてきて、アンナと僕を隔てた。真っ白が視界をおおう。靄《もや》が晴れたと思ったら、そこにはまた、変な景色が広がっていた。着物に白いエプロンを身につけた女性が、お皿を運んでいる。テーブルについているのはレトロなワンピースやスーツ、シルクハットを被った、僕らよりふたまわりくらい小柄な男女だった。

「奏？　今日、なんか変だよ」

アンナはこちらの肩に軽く触れた。煙が消えると同時に、周囲の景色は元に戻っていた。僕はううん、なんでもないよと笑って、カニの爪をつまんでクリームコロッケを頬張ってみせた。さくさくの衣から海の香りがするとびきりなめらかなクリームが溢《あふ》れ出す。

ここのデパートはなんか、どこかおかしいような気がする。

サモワールの湯気の向こうに、私は奇妙な世界が広がっている気がして、思わず目をこすりました。一瞬、私の身体が浮いて、きらきらした巨大な空間を、漂っているような気がしたのです。この日本橋三越の建物の中心がぽっかり空いて、ステンドグラスの光で貫かれ、そこにはお釈迦《しゃか》様のような彫像がそびえておりました。今年の春、七階に設置されたばかりの名物の最新式パイプオルガンが、二階の舞台のように張り出した踊り場に置かれ、力強い音色を勝手に奏でています。

その音は目の前の舶来のオルゴールに重なり、私は我に返りました。足元にはちゃんと床があり、ほっとしました。レジスター台越しの和子《かずこ》さまは、

「素敵ね。これは、なんという音楽かしら」

と、鈴のようなお声でお尋ねになりました。瞳を閉じ、その音色を心に焼き付けるように味わっておいでです。こんなに間近で、あの和子さまを見ることが叶うなんて、女学校時代の私に教えたら、泣いて喜ぶことでしょう。でも、和子さまは、私が後輩であるとは、まったく気づいていらっしゃらないご様子。私は目立たない生徒で、なにしろ卒業生がこうして働いているのは珍しい校風でしたから、無理もないかもしれません。

和子さまは、身体に張り付いたようなオーバーコートにクロッシェ帽、真紅の口紅に断髪といった最新流行のお姿で、女学校時代のさっぱりとした水仙のような佇《たたず》まいを覚えております私としては、少しばかりの違和感がございますが、やはりお美しいことに変わりはありません。

「はい、ソビエト連邦の国歌です。十九世紀から伝わる有名な音楽ときいております」

「ソ連全体の国歌なんて存在したかしら？　十九世紀からなら、共和国のどこかの国歌ではないかしら？　つまり、ロシアか、白ロシアか、ザカフカースか、あるいはウクラ

イナ?」

「不勉強で申し訳ありません。すぐに調べてまいります」

「いいのよ、少し気になっただけ。気に入ったからこちらいただくわ。おいくら?」

即答できず、私は恥ずかしくなりました。でも、外見はこの通り、フラッパーそのものに変わられても、和子さまの知的好奇心は少しも衰えていない、とほっとしたし、誇らしくもなりました。麻布の女学校時代から、銀行家のお父様を持つ和子さまは、何をやらせてもずば抜けた方でいらっしゃいました。ピアノがお得意で、歌わせればナイチンゲールもかくや、勉強も運動も秀でていて、卒業式では総代を務めておいででした。確か、今は明治大学専門部女子部で法律の勉強をされていると聞いております。

それにしても先ほどの光景は一体――。あ、そうそう、思い出しました。私が立っているこの売り場は、震災の前、吹き抜け空間になっていたそうなんです。

それを、教えてくれたのはここ四階、室内装飾品輸入部門を統括されている林主任です。ひょろりとした身体にフロックコートがお似合いの主任は先ほどから私の後ろで、サモワールと呼ばれる、銀でできたソ連の給茶器を並べ直していらっしゃいます。和子さまが使用方法を知りたいというので、たった今、我々はその目の前で、少量のお湯を沸かしてみせたばかりです。

林主任が入社した七年前、最初に与えられた仕事は下足番だったそうです。あのころ、日本橋三越は土足厳禁で、お客様は玄関で履物を脱いでいらっしゃったなんて、今からは信じられない話でございます。入社してすぐ、関東大震災が起き、三越は類焼したそうです。しかし、真っ黒に焼けただれたのは建物内部だけで外観はそのままでした。それからわずか四年で今の状態に生まれ変わったのだから、我が職場ながら、本当に摩訶不思議な空間だと思います。

私がオルゴールをお包みしようとするのを制して、そのままでいいから、と和子さまは告げ、手袋をはめた両手で受け取り、見送りさえ嫌がって、まるで逃げるようにさっさと売り場を離れます。そして、上りエスカレーターに吸い込まれていかれました。私はその艶《あで》やかな後ろ姿を、寂しくお見送りするばかりでございます。

本当は、入店された時から、あ、和子さま、とすぐに気付いたのですが、顔に出さないのに必死でございました。だって、そういう外部の情報を持ち込んでお客様を現実に引き戻すのは、三越らしくありませんもの。三越だけはどんな時でもお客様にとって、日々の雑事から離れられる、楽園でなくてはいけません。武陵桃源《ぶりょうとうげん》に遊ぶの感。それは私が好きな言葉で、接客の際に一番心がけていることです。

――ひとたび、三越の店舗内に足を運ぶるならば、まさに武陵桃源に遊ぶの感なかるべからず。

かつて名専務といわれた、日比翁助《ひびおうすけ》様のお言葉だそうです。入社式の日に現専務がそうお話ししていらっしゃいました。

——一度店内に這入《はい》ったら、何んとなくのんびりと春ならばうっとりと霞を含む桃の花の下に、若草をしとしとと踏む、清き聖なる風情、秋ならば物のあはれ真紅の紅葉に酔いたるが如く、暢然《ちょうぜん》と足の運びもゆるやかに——。

その時、遠くにきらりと光るものに気づき、駆け寄りました。たった今、和子さまが購入されたオルゴールが店の前の通路に放り出されているのを発見しました。嫌な予感がして拾い上げ、開けてみると、とんでもないものを見つけました。「遺書」と書かれた封筒です。

和子さまのお習字の筆跡を覚えているから、あのひとが書いたもので間違いありません。

ああ、どうしましょう。ただでさえ、今年は自殺者が急増しているのです。世界恐慌で、ひどい一年でございました。農村部の貧しい女の子が親に売られることが社会問題となり、新聞を開くたびに胸をしめつけられるような思いがいたしましたものです。私が女学校に通っていた頃は、心中とか自殺というと、ロマンチックな趣《おもむき》がないでもありませんでしたが、この一年で増大したそれは、生活の苦しさから泣く泣くこの世を去ったお気の毒な方がほとんどでございました。しかし、何もかも持っているような和子さまが自ら命を絶つとは、にわかには信じられない話です。

「ごめんくださいませ。主任。あのお客様、私の通っていた女学校の先輩なんです。彼女がその、こんなものを忘れていかれて」

私がそう言って、オルゴールと遺書を同時に見せると、林主任の顔色もみるみるうちに青くなり、早口でこうおっしゃいました。

「わかりました。すぐに行っておあげなさい。よく話を聞いてさしあげて、踏みとどまるように説得なさるんです。そして、あのお方のお気持ちが変わるようなら、少しでもお慰みになるよう三越を案内してさしあげてください。今日はもう上がっても構わないから」

主任に何度もお礼を言って、素早く売り場を離れ、たった今、和子さまが消えていったオーチス社製エスカレーターに飛び乗りました。これだけのことで、従業員だけではなく、お客様の何人かがとがめるように私のことをご覧になります。

私は反射的にぺこぺこと頭を下げました。

デパートメントの女店員、それも日本橋三越となれば、常に世間の注目のまとでございます。男性の店員と親しげに会話することは、社内規約でも固く禁じられております。少しでも隙を見せれば、ふしだらだとか、不良だとか、噂をたてられるのだから気は抜けません。じろじろ見られるのはまだいい方で、根も葉もないゴシップを赤新聞に書き立てられて、恥ずかしさに耐え切れず売り場を去った仲間を私は何人も知っております。でも、本当のことを言うと、私は林主任とただ、会話をしてみたいのです。本や映画、仕事のこと、家族のこと。なんでもないことを女同士でするように気兼ねなくたくさん。同期の悦子《えつこ》さんに打ち明けたら「まあ、トキちゃんて変わった趣味なのね。あんなぼうっとした方が好みなの？ キューピッドを務めてあげましょうか？」と笑われたので、必死で止めました。恋愛感情を抱いていないのに、異性と話してみたいなんて、私はおかしいのでしょうか？ それとも、よほどのふしだらものなのでしょうか？ 男女の友情なんて、もしかすると、良縁の結婚よりもはるかに得難いものかもしれない、と私は思うのです。ここに並んでいる舶来品がみんな、そうであるように、生きる上ではなくてもまったく困らないけれど、あったら心が豊かになる、とびきりの贅沢《ぜいたく》品ではないでしょうか。

和子さまの背中を追いかけているうちに、私は七階にたどり着きました。耳に覚えのある音色がギャラリー全体を包んでおりました。和子さまはまるで要塞のようなパイプオルガンの前の腰が高い椅子に果敢に座り、両手を忙しく動かし、あのオルゴールの音楽を奏でているではありませんか。米国マイテー・ウェルリッツァー社製、電力によって動く大仕掛けの最新式です。これより大きなパイプオルガンは今、日本にはなく、演奏をラジオで中継するなど、日本橋三越最大の目玉となっております。見事な演奏はもちろんのこと、和子さまの美貌もあいまって、足を止めるお客様が何人もいらっしゃいます。

「三回、耳で聞けば、大抵、どんなものでも演奏できるのよ」

私が近づいていくと、こちらをほとんど見ないで和子さまはおっしゃいました。気づくと、私は思い切り拍手をして「さすが早乙女《さおとめ》和子さま、モーツアルトもかくや！」と大きく声に出してしまいました。周囲のお客様がくすくす笑いながら散り散りになっていくのを見て、慌てて頭を下げます。

「音楽祭の時を思い出してしまい、興奮し、申し訳ありません。私、同じ女学校に通っていたものでつい……。和泉《いずみ》トキと申します。さしでがましいようですが、オルゴールをお忘れのようで、お届けにあがりました。不躾《ぶしつけ》ながら、中を見てしまいました」

そう言って恐る恐るオルゴールを差し出すと、

「もちろん、顔は覚えていてよ。だから、あなたにオルゴールを託そうとしたの。あなたを最後に私と会った人間にしようと、一目見た時にひらめいたのよ」

和子さまはあっさりおっしゃり、私は驚いて顔を上げました。

「私はね、もう、生きていてもしょうがないと思っているのよ。このデパートを出たら、市電の前にでも飛び出して死ぬつもり。この国の未来は暗いわ。これ以上、ひどくなるのを見る前に、そして美しさを失う前に、みずから命を絶とうと決めたのよ」

と、和子さまはまるで物語みたいなことを、ぼそぼそと暗い顔でおっしゃいました。

「まあ、和子さまのようなすべてを持っている方がそんな風に感じるなんて……。たいへん賢くていらっしゃるのに」

卒業してわずか三年。一体彼女に何があったのでしょう。毒々しい口紅がふと、彼女の心から噴き出した血に見えてきます。

「女が勉強してなんになるの？　最近、生きていることが嫌で嫌で仕方がないの。私たちがどんなに努力しても、与えられる職業なんてせいぜい、教師かタイピストか、売り子くらいなものでしょう。あら、ごめんなさい」

「いいんです。私は、この仕事に誇りをもっておりますから」

私はにっこりしました。こんな反応には慣れています。同窓生は、私が結婚もせずに、デパートメントで働いていると知ると、珍しがるか、同情の目を向けるかのどちらかですもの。母も、私が日本橋三越に入社を決めた時、泣いて止めたくらいです。嫁入り前の娘が、大勢の男性の目にさらされて働くなど、それもものを売るなんてなんてはしたない、と。先の大戦の好景気に乗って、父の勤めていた繊維会社は随分と羽振りがよかったのですが、ここ数年の恐慌によって倒産し、そのショックから父は心筋梗塞で亡くなりました。現在、我が家は小石川の叔父の家に身を寄せているものの、家計は長女たる私の肩にのしかかっています。まだ幼い妹二人、高等女学校だけは無事卒業させなくては、お父様もうかばれません、と私は母を説得しました。誇りをもって健やかに働くこと、それが母を安心させる唯一の方法であり、私自身を生かしていく手段であるとも思うのです。それに三越に勤めるようになってから、私は妹たちがあきれるほどの楽天家になっておりました。

「せっかくですから、和子さま、気持ちを変えて、三越をゆっくり味わってください。私がご案内いたしますわ。上司から許可をいただきましたの。この階の特別食堂では、御子様洋食という、いろいろな洋食の盛り合わせが始まったばかりでそれはもう話題なんです。大人が召し上がってもとても美味《おい》しいんですよ」

大げさなため息をひとつ、和子さまはつきました。その横顔にははっきりと倦怠感と疲労がにじんでいます。

「本当にあなた方は世間とずれているのね。御子様洋食だの、この舶来のオルガンもそう。社会がどんどん悪くなり、戦争に向かう一方のときに、私はこんなことして意味があるのかなって思っちゃうわ」

確かに三越は浮世離れしていますが、私はそれを不謹慎とか非国民的とは感じておりません。むしろ、私には、和子さまがだんだん駄々っ子のように見えてきました。オルゴールに遺書を残すというやり方も、吉屋《よしや》信子《のぶこ》先生の世界のようで、先ほどは、ちょっとばかり胸がときめいたのも事実ですが、どうにも思わせぶりで、他人の目を意識しすぎていて、子どもっぽく感じられてきます。やれやれ、やはり働いたことがないお嬢様はこれだから——。私は憧れの人をそんな風に見ている世間擦れした自分に気がつき、どきりとしました。

私は腰を折って、オルガン椅子の和子さまと目が合うように心がけます。

「七年前、三越は真っ黒焦げだったんですよ。それを我々の頑張りで、何一つ欠けることなく、再興したんです。私、思うんです。今より、明日はきっといいはずです。あと数日で年も明けるじゃないですか。来年はいい年に違いありません。自殺なんて、物騒なことはやめてください。ね、今すぐ遺書なんて破り捨ててくださいまし」

昨年、林主任が全体朝会で話した内容を、私は思い浮かべておりました。

――いち早く、新三越が再開したあの日、お客様の間で、奇妙な噂がいくつか聞かれました。反物売り場を反物の柄の鶴が歩いていた、入り口のライオンが吠えた、外壁のマーキュリー像が飛び立った、一階エレベーターホールの時計の針がぐるぐると凄まじい速さで回り始めた、など。でも、私は少しも不思議ではないと思うんです。東京の景色はまだ震災を引きずっていたのに、三越の中だけはまるで何事もなかったようでした。それはいってみれば、魔法です。三越という世界があの時、日本に当たり前のように存在することは、理論上、ありえないことだったので、不思議なことがいくつか生じなければ、ともすると空間は消失してしまうし、内部の時間が正常に流れなかったのかもしれない、と私は推理します。

この後、主任は大変愉快な三越の言い伝えの話をされました。私は興味津々だったけれど、みんなはドッと笑ったきりでした。男性社員の皆さんは「林さんって随分とナンセンスな人だなあ」「嫁が来ないのも納得だよ。あれじゃ、これ以上の出世は見込めないね」などと悪口を言っていたけれど、私はもっと主任のそんな話を聞いていたいのです。

あの時の気持ちを思い出し、私はつとめて明るくこう言いました。

「ロンドンの軍縮会議で、日本とアメリカは歩みよったじゃないですか。何かあれば、欧米列強が必ず助けてくれるし、なにより、万が一戦争が起きても、興亜が負けるわけがありません」

「でも、軍縮会議に反発した、軍部が政治に介入するようになったじゃない。このまま軍部が主導権を握れば、あっという間にこの国は戦争に傾いていくわ。近隣諸国でも日本への反発は高まっている。世界中に一度にそっぽを向かれたら、何が起きると思う？」

卒業生総代に冷静な口調でそんなことを言われると、私の心にもみるみるうちに暗雲が垂れこめます。和子さまのような知的な方がそうおっしゃるなら、それは真実なのかもしれません。その時です。つまらなそうにオルゴールを開けた和子さまが、きゃっと声をあげました。遺書の代わりに、そこに色鮮やかなカードが入っているではありませんか。真っ赤な頰の坊主頭の男の子がマントをひらひらとなびかせながら、青空を飛んでいる洒落た挿絵がついています。

「まあ、なにこれ、どういうことなのかしら。私の遺書はどこに消えたの？」

和子さまは少女のように怯え、私にすがりついていらっしゃいます。つやつやの黒髪から椿油の香りが立ち上がり、私はくらりとしてしまいました。

「なにかしら……」

和子さまが恐る恐るカードを開くと、どういう仕掛けなのか、そこから私がこれまで一度も聞いたことがない、朗らかなメロディが流れ出しました。

「なんとも不思議な音色ね。一体どんなからくりが?」

しばらく考えてから、私は心を決め、できるだけ真面目な顔でこう言いました。

「和子さま、さきほどおっしゃいましたよね。私たちは世間とずれているって。それは正しいです。三越は従業員全員で、お客様にとって桃源郷であろう、と日々努力しているんですから。でも、あの、もしかして、三越の内部と外の世界があまりにもずれた時にだけ、ここの時間と空間が歪《ゆが》んで、不思議なことが起きるっていうことはあるかもしれません。例えば、戦争の前とか震災直後とか……」

和子さまはしばらく、私を見た後、噴き出しました。そんなことあるはずないじゃない、和泉さんて空想家ねえと笑われ、私の頰は熱くなりました。でも、和子さまが女学校時代のような、生き生きとした雰囲気を少し取り戻したことで、ひとまずは胸をなでおろしました。

和子さまの肩越しに、カードを覗き込むと、こんな文字が乱暴に書きつけられておりました。私には読み解けませんが、和子さまは何やらぶつぶつとつぶやいています。

「НАНИ ГА КИМИ НО

СИВАСЕ НАНИ О СИТЕ ЁРОКОБУ……」

その時です。オルガンの鍵盤が勝手に動き出し、カードと同様のメロディが流れ出したのは。いよいよ和子さまと私は顔を見合わせました。このオルガンに自動演奏の機能はございます。でも、それは「ミネトンカの湖畔にて　リューラレス作曲」と「夢に見る美はしの島　フェアリス作曲」の二曲だけのはずです。

「……笑って悪かったわ。確かに、きっと本当にこのデパートは時空が歪んで、いろんな世界とつながっているのかもしれない」

勝手に動く鍵盤は、内側から意志を持っていて、まるで生きているようでした。和子さまはカードを読みながら、小さな声でその不思議な歌詞らしきものを口ずさんでいます。

「なにが、君の幸せ……なにをして、喜ぶ？」

私たちはともに押し黙り、オルガンの音色にただ身を委ねました。

　なにが私の幸せ？

　きっと和子さまも同じようなことを考えていらっしゃるのでしょう。デパートガールは二十、二十一歳を迎えたら、だいたい結婚して職場を去るものとされています。立ち仕事で足が太くなり、容色は衰える一方、だったら、一日も早くいい人を見つけなければ、と悦子さんは裕福そうな男性のお客様からのお誘いに積極的に応じています。私も悦子さんも、この職場ではとうに、おばあさん扱いなのです。でも、私には、結婚だの恋愛だのが私の幸せや喜びだとは、どうしても考えられないのです。こんなに元気な身体を持つ自分が老いているとも思えません。

和子さまは小さなお声でこうおっしゃいました。

「私の本当の願いはね。これから先の未来を見ることなの。未来が少しでも楽しそうだったら、生きてみてもいいかもしれない」

ああ、それならば、と私は思わず手を打ち合わせました。

お子様ランチに満足し、特別食堂を後にした僕らは、今度はエレベーターで二階に行った。

B1でおばあちゃんのお土産を買う前に、パイプオルガンを間近で見ておこうと思ったのだ。しかし、エレベーターを降りてすぐ、「ウクライナは滅びず」が今なお流れているので、あれ、と思った。例の踊り場には人だかりができていて、そのほとんどが三越の従業員のようだった。

「オルガンの調子がおかしいんです。設定していないはずなのに、自動演奏が止まらなくて。今、業者を呼んでいる最中なんですけど」

店員さんの一人が客にそう説明している最中、鍵盤はついにぴたりと動きを止めた。みんな顔を見合わせている。安心していいものかどうか、考えあぐねている様子だったので、僕は手をあげ、一歩前に出た。

「僕、五歳からピアノを習っているんです。礼拝堂のパイプオルガンを弾いたことも、調律を間近で見ていたことも、何度もあります。不具合が起きていないか、試しにちょっと弾いてみてもいいですか？」

従業員の人がしばらく相談しあった後に、どうぞ、と丁重にお願いされる形になったので、僕は木製のパイプオルガン前の硬い椅子に腰を下ろし、三段の鍵盤を前に、肩を広げた。

周囲に小さな子どもの姿がちらほら見受けられたので、僕はふと思いついて、「アンパンマンのマーチ」をワンフレーズだけ奏でてみた。鍵盤を押すごとに、巨大空間がびいんと震えるのがわかる。この建物全体の、強度を、歴史を、指先から感じることができる。誰にも咎められなかったので、しばらく弾き続けたら、傍のアンナが悪い顔になった。ギターケースからアンプ内蔵エレキギターをいそいそと取り出した。ピックを握りしめ、こっちの演奏に突然合わせてくる。どよめきが起きた。

さすがにライブハウスよりも礼拝堂よりも、音が段違いに気持ち良く響く。僕らのセッションはいつもながら息ぴったりで、アンナが即興のメタルアレンジをかましてくるので、僕も高速で三段の鍵盤に指を行ったり来たりさせることになり、気づけば、中腰になっていた。

振り向くと、階下の中央ホールにはお客さんが大勢集まっている。こちらにスマホを向ける人もいる。演奏が終わると、大きな拍手が湧いて、僕らはにやにやした。

ところが、オルガンを離れようとするなり、またもや鍵盤が勝手にうねうねと動き出した。ウクライナ国歌の自動演奏が再び始まったのだ。すぐそばにいた店員さんが、あぁ、と低くうめくのが聞こえた。

その時、アンナがこちらを見た。その薄い色の瞳で、僕は向こうが考えていることが瞬時にわかった。アンナは頷くと、エレキギターを抱えなおし、たくましい肩を傾けた。もう、炎上だの、フォロワー減少だのを、気にしている場合ではない。僕は夢中で、スマホ片手に、天女像をぐるりと半周し、大理石の階段を駆け下りていく。

自動演奏にあわせてエレキギターをかき鳴らすアンナとパイプオルガンが一緒に収まる画角を大慌てで探した。

自分のアカウントからアンナの演奏を配信しながら、僕は思いつく限りの#を打ちまくる。

#自慢の親友　#杏奈さんに連帯　#ミックスルーツ当事者へのヘイトを許すな　#STOPウクライナ侵攻　#大軍拡反対　#ウクライナは滅びず　#日本はロシアのあやまちを繰り返すな　#日本橋三越本店　#ラスボス天女像　#お子様ランチ激エモ　#パイプオルガン　#やなせたかしも反戦主義

アンナの演奏は原曲の三倍くらい速く、疾走感にあふれている。すると、パイプオルガンが彼女に寄り添うように、すごい速さで鍵盤を押し上げたりへこませたりし始めた。あたかも、何か咀嚼《そしゃく》している巨大な歯だ。まるで日本橋三越に口が現れて、今にもその声が聞こえるようだった。従業員もまわりのお客さんも、最初は訳がわからない顔をしていたが、だんだんそれぞれ音に身を委ね、身体を揺らしたり、手拍子を打ったりしている。

スマホ画面の中で無数のハートと拍手のマークが湯気のように立ち上り、エレキをかきならし猛り狂う、アンナの姿を埋め尽くす。かつてないほどのいいねの嵐。その中にはなんと杏奈ちゃん本人からのグッドサインもあって、僕は「杏奈ちゃんから反応あり」と叫び声をあげた。

調子に乗ったアンナがスマホに向かってニヤリと笑い、中指を立てた。

「ここ三越だから！」と、僕は慌ててそれを止めた。

朝日が人気のない大通りを白っぽく照らし出しました。凍えるような十二月の寒さに、私は手袋の指先をこすりあわせます。

英国というところに私は行ったことがございませんが、三越のパンフレットで紹介される異国の写真はどれも目に焼き付けておりますので、日比翁助様がそうであれと望んだように、このライオンが守る本館は、かのトラファルガー広場であるように思われます。

私が見張りを務める中、和子さまがライオンに横座りで乗って目を閉じてから、もう三十分が過ぎています。そろそろ、開店で人が集まる時刻でございますから、私は和子さまに静かに声をかけました。

「どうですか？　和子さま、何かご覧になれましたか？」

「ええ、うっすらだけど、未来が見えた。たぶん、百年後くらいの三越よ」

と、和子さまは羽みたいなまつげをゆっくり持ち上げ、夢みるようにそうおっしゃいました。あまりにも私が朝早く呼びつけたものですから、昨日とは打って変わって薄化粧で簡素な装いです。でも、それは朝日の中でとても美しく見えました。

「私はライオンになって、三越をぐるぐる歩き回った。幽霊みたいなもので、気付いている人はほとんどいなかったと思う。まず、吹き抜けが元に戻っていたわ。未来の日本人はとても背が高いわ。小さなかまぼこ板みたいな機械を片時も離さず、調べ物をしたり、通信をしていたわ。それとね、私たちくらいの年齢の男と女が、とても仲が良さそうな友達同士だった」

和子さまは昔から作り話がお上手でいらっしゃるから、私は話半分に聞きながしておりましたが、最後だけが妙に引っかかりました。

「男と女が仲が良さそう？　ご夫婦か婚約者同士なんじゃないでしょうか？　それかご兄妹？」

「いいえ、二人とも恋人が欲しい、欲しくない、という話をしていたから、あれはお友達だと思う。それから女性の方は外国人のようだから、兄妹でもない」

私の幸せ。それがふいに、わかったような気がします。それは、足が太くなっても、行き遅れ、と言われても構わないから、独り身のまま、この桃源郷みたいなデパートでまだまだ働いていたいのです。そして、林主任とお友達になって、未来の男女にそれが許されているように、いつまでもたわいもない会話を交わしたい。そしてこれから先、時代が変わっていくとしても、それでも本当に三越は変わらないのか、この目で見届けたいのです。

「三越には御子様洋食も、このライオンも、それからオルガンもちゃんと残ってたわ。場所は七階から二階に変わっていたけれどね。その二人の会話によれば、未来は女性でも弁護士になれるみたいなの。だったら、私の頑張りで少しでもそれは早めてもいいはずよね。これから婦人の権利獲得運動に参加しようと思う。そうよ、戦争反対には、まず、女性が声をあげないといけないわ。そうときまれば、じっとしていられない。私、いくわ。あのオルゴールはあなたにあげるわね」

一息にそういうと、それじゃあ、ごきげんよう。和子さまはライオンからひらりと飛び降りました。銀座の方向に向かって、私には見向きもせず、かつかつとヒールを鳴らして去って行ってしまわれました。

制服に着替え、いつもよりずっと早く売り場に入った私は、和子さまのオルゴールをディスプレイとして店頭に飾り付けました。

「おはようございます」

後ろから、林主任の声がしました。私は今朝までの顚末《てんまつ》を手短に報告しました。昨日、七階から売り場に戻った時、主任は銀座店の応援にでかけていて、お留守だったのです。

「そうですか。その和子さまという方が健やかなお心を持ち直したのであれば、なによりです。和泉さんの話をうかがっているうちに、ずっと昔……、昔というか、震災直後のことを思い出しました」

私は笑顔でうなずきました。林主任は自分がお話しされたことをけろりと忘れているみたいです。でも、このお話は朝会でうかがってから、ずっと胸に残っていて、何度聞いても飽きるものではありません。こんなに朝早くであれば、主任とお話ししていても、とがめだてする視線がないので、安心してもいます。

「どう考えても、類焼した三越が復興するなんて、考えられなかった。僕だけではなく、どの社員もそうでした。毎日が絶望でした。そんな時、僕は、ライオンの言い伝えを思い出しました。無作法ですが真夜中、入り口のライオンにちょっとだけまたがってみたんです。未来を見せてくださいと夢中で願いました。すると、本当に未来が見えたんです。何もかも美しくもとに戻った、現在の三越の姿がね。それはまるで夢みたいで……」

武陵桃源に遊ぶの感でございますね、と私がついつい口を挟むと、林主任が嬉しそうにうなずき、オルゴールのネジを巻き始めました。

すると、あの共和国のメロディが三越開店のアナウンスと、それはもう美しくからみあったのでございます。

重命《かさな》る

東野圭吾

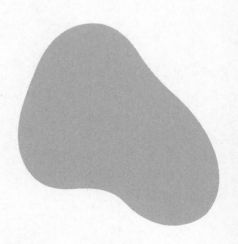

1

初めて訪れた部屋のドアは、以前の部屋のものより高級そうに見えた。教授になるとドアまで変わるのか、と思いながら草薙《くさなぎ》は拳で二度叩いた。

どうぞ、と低い声が聞こえた。

ドアを開けると、湯川学《ゆかわまなぶ》がソファに座ってノートパソコンに向かっているところだった。見慣れた白衣姿ではなく、シャツにスラックスという出で立ちだ。ネクタイは締めていない。上着は壁際に置かれたポールハンガーに掛けられていた。

「少し痩せたんじゃないか」顔を向けてくるなり湯川がいった。

草薙は顔をしかめた。

「事件を抱えてない時にそういわれたら嬉しいが、残念ながら今は違う。痩せたんじゃなく、単にやつれて見えているだけだろう」

湯川が口元を緩めた。

「草薙警部殿の係は、またしても難航中のようだな」

「御明察だ。どういうわけか、厄介な事件ばかりが回ってくる。参ってるよ」草薙は湯川と向き合っているソファに腰を下ろし、座面を撫でた。「教授になると応接セットもつくのか。しかも革張りときている」

「人工皮革の安物だ。仕事の大半が人と会うことなので、仕方なく置いている。相手は科学とは関係のない人間ばかりだ。研究三昧《ざんまい》だった日々が懐かしい」湯川はため息交じりにいうとノートパソコンを閉じた。「で、君の用件は？　電話では、簡単な物理計算をしてほしいとのことだったが」

「忙しいところを悪かったな。計算といっても、たぶんおまえにとっては朝飯前の作業だ。ただ、なぜそんな計算が必要なのかというと、説明するのが少々難しい。そんなのは聞きたくないというのなら省略するが」

「わざわざこんなところまで来るからには説明する気なんだろ？　勿体《もったい》ぶってないで、さっさと話を始めてくれ」そういって湯川は立ち上がった。

「どこへ行くんだ？」

「話が長くなるということだから、コーヒーを淹《い》れようと思ってね」

友人の言葉に草薙は相好を崩した。

「久しぶりに御自慢のインスタントコーヒーを飲ませてもらえるのか。それはありがたい」スマートフォンを取り出し、捜査資料を表示させた。画面を見つめ、口を開く。「発端は水死体が見つかったことだ。四月十三日の朝、北区の隅田川でモーターボートに乗っていた男性が、ぷかぷか浮いているのを発見し、通報した」

窓際の棚に向かっている湯川が、ゆらゆらと頭を振った。

「その発見者に同情する。今後、浮いているものを見つけるたび、死体じゃないかと思うだろうからね。で、遺体の性別は？」

「男性だ。衣類を身に着けていたが、身元を示すものはなかった。身長は一七〇センチ程度で中肉中背。解剖の結果、溺死だと判明した。ただ、頭部に裂傷があり、ほかに打撲痕が複数箇所あった。また腰部を骨折していた。さらに肺と肝臓に外科手術を受けた痕が確認された」

「手術痕は古いものか？」

「つい最近のものではないだろう、というのが監察医の見解だ。癌《がん》を摘出したんじゃないか、といっていた」

湯川がふたつのカップを手に戻ってきた。

「ブルーマウンテンだ。インスタントだからといって侮るなかれ、だ」そういって片方のカップを草薙の前に置いた。

カップを手にし、香りを嗅いだ。ほう、と思わず漏らしてから啜《すす》った。程よい苦味が口中に広がり、深い風味が鼻から抜けていく。

「なるほど、これがインスタントとはな」

「すべての分野において科学は進化している。それに触れる者は知見のアップデートを怠ってはならない」湯川はソファに座り、ゆったりとした動作でコーヒーを味わった後、ほっと息を吐いた。「それだけの身体的特徴があるのなら、遺体の身元確認は難しくなさそうだな」

「その通りだ。行方不明者届が出されている人物の中に、手術痕をはじめ身体的特徴がぴったりと一致する男性がいた。複数の会社や店舗を経営している、堂園初彦《どうぞのはつひこ》という実業家だ」草薙は堂園の運転免許証の写真と氏名をスマートフォンに表示させ、湯川のほうに向けた。

湯川は眼鏡の位置を指先で直してから画面を覗《のぞ》き込んだ。「年齢は？」

「五十八歳」

ふむ、と湯川は眉を動かした。

「我々より少しだけ先輩か。実業家として脂の乗りきっている時期だ」

「行方不明者届を出していたのは、奥さんの頼子《よりこ》夫人だ。早速連絡し、遺体を確認してもらったところ、堂園氏に間違いないという証言が得られた。頼子夫人によれば、堂園氏は先月の二十八日から旅に出ていたらしい」

「旅？」

「ひとり旅だ。挨拶《あいさつ》回りをするといって出かけたそうだ。若い頃から世話になった人が全国各地にいるので、その人たちに礼をいうために会ってくるといってな。たぶんもう会えないだろうから、と」

「もう会えない？」湯川が首を傾げた。「どういう意味だ」

「少々切ない話だ」草薙は口元を曲げた。「監察医が見抜いた通り、ここ数年、堂園氏は癌を患《わずら》っていた。治療を続けてきたが、全身への転移を防げず、主治医から、もう打てる手はないといわれていたそうだ。半年は保たないかもしれないとも」

湯川は眉根を寄せた。「それで恩人たちに挨拶回りか」

「頼子夫人としては、そんな寂しい旅をしてほしくはなかったそうだが、本人のやりたいようにさせてやろうと思い、送り出したということだった」

「たしかに切ない話だな」

「それが三月二十八日だ。最初に堂園氏が向かったのは福岡で、博多の飲食店経営者と会っている。翌日は広島で、その次の日は神戸。まさに転々と移動していたらしい。切ないどころか、末期《まつき》癌患者とは思えないバイタリティだ」

「癌患者だからといって、弱々しい姿を想像するのは単なる思い込みだ。僕の周りにもステージ3や4の癌サバイバーはたくさんいるが、みんな元気だ」

「そのようだな。堂園氏は頼子夫人への連絡を絶やさず、ほぼ毎日何らかの形で状況を伝えてきたらしい。最後に連絡があったのは四月七日の昼間で、今夜帰る予定だが、都内に一軒挨拶しておきたい家があるから、少し遅くなるかもしれないといっていたそうだ。旅行バッグを宅配便で送ったから明日には着く予定だ、とも」

四月七日、と湯川は呟いた。「隅田川で発見される六日前か……」

「堂園氏が最後に会ったのは戸浪《となみ》という人物だ。若い頃にはパチンコ店などの娯楽産業を手がけていた爺さんで、今は八十歳ちょうど。自宅は板橋区だ。戸浪老人によれば、堂園氏が訪ねてきたのは夕方の五時頃で、その後食事をしたり、酒を酌み交わしたりしているうちに時間が過ぎ、堂園氏が戸浪家を辞去した時には午後十一時を過ぎていた、とのことだった」

「その後の消息が不明というわけか」

「そうだ。七日の深夜になっても帰ってこないので、夫人が心配して電話をかけたところ、すでに繋がらなかった。メッセージを送っても既読にならない。それで心配になり、翌日の八日に警察に届けたということだ」

湯川はコーヒーを飲み、カップをテーブルに置いた。

「遺体が見つかったのは四月十三日だといったな。死亡推定日は？」

「腐乱状態から死後少なくとも三日は経っている、というのが監察医の見解だった。戸浪老人の証言と合わせ、四月七日から十日ということになる」

ふうむ、と湯川は考え込む顔で腕組みをした後、何かに気づいたのか不意に草薙を見た。

「なぜ君たちが動く？」

「はあ？」

「今までの話を聞いたかぎりだと、必ずしも事件性があるとはいえない。むしろ事故や自殺の可能性が濃厚だ。それなのに、なぜ殺人事件担当の捜査一課がしゃしゃり出てくるのかと訊いている」

「いい指摘だ」草薙はにやりと笑い、友人の顔を指差した。「じつは今まで話した内容は、地元の警察が調べたことで、捜査資料の中身をしゃべったにすぎない。うちの係が関わってくるのは、もう少し後だ」

「そうなのか。単なる前振りにしては、ずいぶんと長いな」

「もうすぐ終わるから我慢して聞いてくれ。状況から考えて、戸浪家を出た後、堂園氏の身に何かが起きた可能性が高い。おまえがいったように自殺説も出た。死期を悟り、恩人たちへの挨拶回りも終わったことだし、苦しむ前に自分で命を絶ったのでは、というわけだ。そんなことを踏まえた上で、地元警察によって付近一帯の聞き込みが徹底的に行われた。やがて一件、気になる情報が得られた。近くの橋で血痕が見つかった、というものだ」

「血痕？」

「戸浪家から徒歩数分のところにある小さな橋で、新河岸川《しんがし》に掛かっている。四月八日の朝、橋の上に血痕があると通報があった。近くの交番から警官が駆けつけたところ、たしかにそういうものが確認できた。事件性の有無は不明だが、警官は所轄に連絡した。所轄の鑑識係は念のために血痕の採取を行った」

「なるほど。草薙班が駆り出されるストーリーが見えてきたな」

「ＤＮＡ鑑定の結果、堂園氏の血液だと断定された。遺体の頭部に裂傷があったことにも説明がつく。そこで他殺説が一気に浮上し、捜査一課に協力の要請があったというわけだ」

湯川が、ぱちぱちぱちと手を叩いた。「おめでとう。晴れて君たちの出番だな」

「茶化すな。その後、俺たちがどれだけ苦労したと思う？　連日、付近一帯の防犯カメラの映像と睨《にら》めっこだ。何しろ堂園氏が戸浪家を出た時には午後十一時を過ぎていた。暗い不鮮明な映像ばかりで目が疲れたよ。とはいえ苦労の甲斐があって、やがて堂園氏の姿が確認できた。新河岸川に向かって歩いているところだ。残念ながら橋の付近の映像はなかった。しかし橋を渡った先にある防犯カメラのどれにも堂園氏の姿は映っていない。つまり橋から転落したと考えるのが妥当だ」

湯川が小さく首を傾げた。

「遺体が漂流していたのは隅田川だろう？　新河岸川との位置関係はどうなんだ」

「新河岸川は隅田川に合流する。橋から遺体が見つかった地点までの距離は約四キロ。専門家に確認したが、当時の天候や川の流量から考えて、隅田川まで流れたというのは自然な現象らしい」

「するとあとは、堂園氏の外傷の原因だな。といっても、おおよそ見当はつくが」

ほう、と草薙は湯川の顔を見た。「どんなふうに？」

「深夜、公道を歩いていた人間が突如出血したわけだ。転んで気絶したのなら、その場で発見されるだろう。何者かが短時間で被害者に傷を負わせて逃走したとすれば、クルマを使ったとしか思えない。つまり轢《ひ》き逃げということになる」

草薙は、ぱちんと指を鳴らした。

「さすがだな。御名答。防犯カメラの映像を詳細に調べたところ、不審な動きをしているトラックが確認された。道端に止まっていたが、堂園氏が通り過ぎた後、動きだしているんだ。さらに遡って周辺の映像を確認してみたら、そのトラックが戸浪家のそばで駐車していたことも判明した。どうやら堂園氏の行動を監視し、事故を起こすタイミングを探していたものと思われる」

「つまり計画的犯行というわけか」

「そうだ。映像を解析することで、トラックは間もなく特定できた。千葉県で盗難届が出されていた。盗まれたのは四月三日だ。トラックを止めてあった駐車場の防犯カメラに犯人が映っていたが、マスクとサングラスを付け、上着のフードを頭から被っていて、顔は確認できなかった」

「トラックは見つかってないのか？　そんなはずはないと思うが」

「ほう、どうして？」

「見つかっていないのなら、捜査の実質的な指揮官である君が、こんなところでのんびりとコーヒーを味わっているわけがないからだ。捜査本部で頭から湯気を出し、部下たちにあれこれと命じているだろう。だが実際にはそんな必要はなかった。犯行現場と時刻が特定できたのなら、警察庁御自慢のＮシステムをはじめ、全国に張り巡らせた監視網を使うことで、当該トラックの行方を摑めただろうからね」

草薙はコーヒーカップを手に足を組み、舌打ちした。「おまえ、面白くない男だな」

「トラックはどこで見つかった？」

「八王子市内の私有地に放置されていた。管理者が気づき、警察に相談しようと思っていたところだった」

「放置した後、犯人はどうやって移動を？」

「その場所から徒歩数分のところにコインパーキングがあった。例によって防犯カメラの映像を確かめると、八日の午前一時頃、そこから一台のクルマが出ていく様子が映っていた。運転していた男の背格好はトラックの盗難犯に似ている。クルマのナンバーも確認できた。レンタカーだった」

湯川が顔をしかめ、首を横に振った。

「そういうことか。なんともお粗末な犯罪計画だな。すぐに犯人は特定できたんだろ？」

「もちろんだ。レンタカーは本人が借りていたからな。江戸川区在住の津坂《つさか》という、四十六歳の男だった」草薙はスマートフォンに顔写真を表示させ、湯川のほうに向けた。

だが湯川は、無能な犯罪者の顔なんかには興味がない、とばかりに目を向けようともしない。

「その男、犯行を認めたのか？」

「ああ。トラックの車内から見つかった毛髪が、津坂のものと一致した。そのことをいったら、あっさりと自供した」

「堂園氏を狙った動機は？」

「バイトだってさ」

「バイト？」

「生活費に困ったので闇サイトで仕事を探し、見つけたらしい」

湯川はげんなりしたように顔を左右に振った。

「またそれか。最近、多いな」

「テレグラムをはじめ、やりとりした痕跡が残らないアプリが増えたせいだ。案の定、津坂もスマートフォンにテレグラムを入れていた」

「つまり依頼主はわからないわけか」

「残念ながらその通りだ。依頼内容は、轢き逃げ事故に見せかけて人を殺してほしい、というものだった。成功報酬は百万円」

「百万円か。人の命も安くなったものだな」

「期限は四月七日で、それまでに実行した場合は、一日早まるごとに十万円を追加で払うという契約だった。津坂によれば、依頼主は堂園氏の居場所を頻繁に知らせてきて、とにかく早くやれと急かしてきたそうだ」

「四月七日か。するとその津坂という男は、期限ぎりぎりで目的を果たしたというわけだ」

「もっと早くやりたかったが、堂園氏があちらこちらに動き回るものだから、なかなかチャンスが巡ってこなかったといっている。最後は無我夢中でアクセルを踏んだってな。死んだかどうかを確かめる余裕はなく、そのまま逃げたそうだ」

「そのまま？」湯川が怪訝そうに訊き返した。「クルマではねた後、堂園氏を川に落としたんじゃないのか」

「問題はそこだ。津坂は堂園氏をクルマではねたことは認めたが、川に突き落としたりはしていないといっている。たしかに防犯カメラの映像の解析結果からだと、そんなことをしている時間はなかったと考えられる」

「では、なぜ堂園氏の遺体が川から見つかったんだ？」

「それがわからなくて困っている。そこでおまえの力を借りようと思い、こうしてやってきたというわけだ」

湯川があきれたような顔を草薙に向けてきた。

「もしかすると、ここからようやく本題に入るのか?」

「これでも手短に話したつもりだ。状況はわかっただろ? おまえに質問したいのは、ずばり一点だ。クルマにはねられた勢いで、成人男性の身体が川に転落することは物理的にあり得るかどうか。おまえにとっては簡単な問題だろ?」

「何が簡単なものか」湯川は両手を広げた。「パラメータが何ひとつ提示されていない。それでどうやって計算しろというんだ?」

「パラメータ?」

「計算に必要な変数のことだ。たとえば成人男性といっても、体重五〇キロと一〇〇キロでは大違いだ。トラックの形状や重量も不明では計算のやりようがない」

「それなら大丈夫だ」草薙は足元に置いてあった鞄を開け、大型のファイルを引っ張り出した。「必要そうな資料は全部借りてきた。どんなことでも訊いてくれ」

「全く君という男は物理学者を何だと思っているんだ」

湯川はぶつぶつとぼやきながら立ち上がると、デスクからノートと筆記用具を取って戻ってきた。

「何だ。パソコンを使うんじゃないのか?」

「こんな計算にパソコンは必要ない。概算で十分だろうしな。さて、まずは現場の状況を教えてもらおうか」

オーケーといって草薙はファイルを開き、現場の地図をテーブル上に広げた。

湯川は道路幅や傾斜などを確認した後、トラックに関する詳細なデータや被害者の体格について尋ねてきた。草薙が資料に記されている数値をいうと、突然ノートを開き、ペンを動かし始めた。その表情は平板で、冷たい印象さえ受ける。しかしそれはこの科学者が何の雑念も持たず、作業に集中していることの証左でもあった。

間もなく湯川はペンを置き、眼鏡を外した。指先で両目の目頭を押さえ、終わった、と乾いた声でいった。

「どうだ？」

「結論をいえば」湯川は眼鏡をかけ直した。「あり得ない」

「そうなのか」

「血痕のあった場所で被害者がトラックにはねられ、その勢いで川に落ちたのだとしたら、トラックは時速二百キロ以上を出していたことになる。しかも被害者の身体が硬質ゴムのように強靱でなければならない。実際にその速度でぶつかれば、身体は瞬時に破壊され、トラックのフロントに張り付いてしまうだろう」感情を殺し、淡々と語られた内容には不気味な迫力があった。

草薙は大きくため息をついた。「やっぱりだめか」

「やっぱり、ということは、この答えを予想していたのか」

「交通捜査課に行って、交通鑑識の連中に相談してみた。クルマにはねられた被害者が川に落ちたとすれば、そのクルマは橋の歩道に向かって突っ込んでいったはずで、はねた後は橋の欄干にぶつかっていただろう、ということだった。クルマの進行方向とは別の向きに被害者が飛ばされたとすれば、おまえが今いったようにクルマがものすごいスピードを出していたことになるが、そんな事故例は聞いたことがないといわれた」

「計算値を裏付ける経験値も存在したということだな」湯川は計算を終えたばかりのページをノートから破り取り、くしゃくしゃと丸めた。

「しかし、だったらどうして被害者は川に落ちたんだ?」草薙は呟きながら、資料を鞄に片付け始めた。

「もしかするとそれは、物理学の問題ではないのかもしれないな」ノートと筆記具を片付けながら湯川がいった。

「じゃあ、何の問題だというんだ」

湯川は考えを巡らせるように少し黙った後、顔を上げて草薙を見た。

「その場所に案内してくれるか？　この目で確かめたい。いや、素人の出る幕じゃないというのなら、断ってくれて結構だが」

「おいおい、俺が今までにそんなことをいったことがあったか？」草薙はコーヒーカップの残りを飲み干した。

2

帝都大学にはクルマで来ていた。助手席に湯川を乗せ、草薙はクルマを発進させた。

「実行犯は津坂某という人物だとして、殺人を依頼したのが誰かについて、見当はついているのか」湯川が訊いてきた。

「肝心な点はそれなんだよな。しかし現時点では五里霧中だ。宅配便で自宅に届いた堂園氏の旅行バッグも調べたが、手がかりになりそうなものは見つからなかった」

「怪しい人間もいないのか」

「いや、まるでいないわけではないんだが……」草薙は語尾を濁した。

「急に歯切れが悪くなったな。聞いているのは僕だけだ。口外しないと約束するから、遠慮なく話したらどうだ」

「遠慮しているわけではないんだが、動機が微妙なんだ」

草薙が気になっているのは、ある親子だった。母親は鈴岡佐枝《すずおかさえ》といって、堂園が二十五年前に別れた前妻だ。その時、息子の雄也《ゆうや》は二歳だった。協議離婚という形になっているが、佐枝の不貞が原因だった。雄也にしても、浮気相手との間にできた子である可能性が高かった。

離婚後、佐枝は水商売に身を転じ、今は新宿で小さなバーを経営している。雄也は高校卒業後は進学せず、飲食店などを転々としていたが、どこでもあまり長続きせず、佐枝の店を手伝いながらその日暮らしをしている模様だった。

「その話を聞いたかぎりだと、二人が堂園氏の命を狙う動機は存在するようだな」湯川がいった。「実際のところはともかく、書類上では雄也は堂園氏の子供ということになっているんだろ？　つまりれっきとした遺産相続人だ」

「佐枝が経営しているバーについて調べてみたが、お世辞にも繁盛しているとはいいがたい。借金もかなりあるようだ。堂園氏の資産は十億円近いといわれている。頼子夫人との間に子供はいないから、堂園氏が死ねば、雄也はその半分を相続できる計算だ」

「約五億円か。闇バイトに支払う百万円など誤差といえるな」

「そういうわけで、本来なら真っ先に疑われて当然の親子だ。しかし大きな疑問がある」

「堂園氏は末期癌だったな。余命が長くないとわかっているのだから、わざわざ危険を冒してまで殺す必要がない、というわけか。それとも堂園氏の病状は、身内以外には隠されていたんだろうか」

「いや、仕事などで関連しているところには知らされていた。堂園氏の遺産を狙っている鈴岡親子が、その情報を摑んでいないはずがない」

高速道路の入り口が近づいてきた。草薙はハンドルを操作し、ゆっくりと入っていった。

「堂園氏は遺言書を残していたのか」湯川が訊いた。

「遺言書？　いや、それは聞いていない。どうしてだ？」

「たとえば遺言書に、全財産を妻ひとりに譲ると書いてあったとする。その場合でも遺留分というものがあるから、息子の相続額がゼロになることはない。しかし要求できるのは法定相続分の二分の一だ。本来五億円を相続できるところが、その半分になってしまう。それでもかなりの高額だと思うが、もしまだ遺言書が作成されていないのなら、その前に殺そうと考えても不思議ではない」

「なるほどな。人殺しに手を染めて五億円を取るか、堂園氏が死ぬのをじっくりと待って二億五千万円を取るか――」草薙はハンドルに両手をのせたまま首を傾げた。「差額の二億五千万円は大金だが、ふつうの人間なら後者を選ぶんじゃないか。万一犯罪が発覚したら、元も子もない」

「僕も同感だ。早急に大金が必要だというのなら話は別だが」

「佐枝に借金があるのはたしかだが、追い込まれているという情報はない。それに雄也に遺産が入ることを話せば、返済を待ってもらえるだろう」

「そもそも遺言書はすでに作成されているかもしれない。これから書くとしても、その内容は不明だ。どう考えてもわざわざ殺人を犯すメリットはない」

「動機が微妙だといったのは、そういう事情からだ。とはいえ、ほかに堂園氏を殺しそうな人間は見当たらないしなあ」

「夫人はどうなんだ。頼子さんといったか」

「奥さんを疑うのか？　根拠は？」

「君から聞いたんじゃなかったかな。通り魔殺人や強盗殺人を除けば、殺人事件の犯人は身内だったというケースが一番多い、と。堂園氏の身内は夫人だけなんだろ？」

「動機は？」

「そんなものはいろいろと考えられる。夫人の年齢は？」

「たしか四十歳ちょうどだったんじゃないかな」

「女性として、まだまだ充実している年齢だ。不倫が堂園氏にばれそうになっていた、というのはどうだろう。親子関係と違って夫婦関係は、離婚届一枚で解消されてしまう。そうなれば遺産は一円だって入ってこない。一日でも早く殺してくれと闇バイトをせっついたことにも説明がつく」

へえ、と草薙は一瞬だけ横目で隣を見た。

「おまえ、最近はそういう下世話なことにも関心を持つようになったのか」

「関心はないが、似たような話が耳に入ることが増えた。さっきもいっただろ。科学とは何の関係もない用件で人と会わなきゃいけない。時には学生と教員のこじれた恋愛や家庭問題に付き合わされたりもする。本当にうんざりだ」

はははは、と草薙は思わず声をあげて笑った。「いいねえ、湯川教授の人生相談か」

「笑い事じゃない」

「我慢しろ。多くの社会人が経験していることだ。それはともかく、頼子夫人については俺たちも全く無警戒なわけじゃない。これまでのところ不審な点は見当たらないが、さらに洗ってみる必要はあるとは思っている」

高速道路から下り、一般道を進んだ。工場や住宅が混在した町並みが続く。

「頼子夫人が行方不明者届を出したのは八日だといったな。八日の朝か？」

「いや、朝ではなかった。夕方だったんじゃなかったかな」

「なぜすぐに届けなかったんだ。ふつうならすぐにも警察に駆け込みそうなものだが」

「ちょっと待ってくれ」草薙は方向指示器を出してクルマを路肩に寄せて止めた。スマートフォンを出すと、やりとりが湯川にも聞こえるようスピーカーフォンにしてから電話をかけた。

岸谷《きしたに》です、と部下の声が聞こえてきた。

「堂園頼子夫人が行方不明者届を出したのは八日の夕方だったな。なぜその時間になったか、本人は理由をいっているのか」

「届を出すのが遅れた理由ですか。……ええと、その日は朝からクリニックに予約を入れていたので、それが終わってからになってしまった、ということです」

「そうか、わかった」草薙は電話を切り、クルマを発進させた。「——と、いうことだ」

「クリニックか……。夫が行方不明だというのに？」

「その時点では大したことではないと思ってたんじゃないか」

湯川は黙っている。釈然としないのだろう。草薙も何となく引っ掛かるものを感じ始めていた。

やがて現場に着いた。新河岸川沿いの道路に安全地帯があったので、そこにクルマを止めた。

問題の橋の周辺を歩き回った後、「やはり結論に変更はない」と湯川はいった。「どんなにクルマのスピードが出ていたにしても、はね飛ばされた勢いで被害者が川に落ちたというのは考えがたい」

「しかしそうなると重大な謎が残る。誰が川に落としたんだ。その時、この近くにいた人間ということになるが――」そこまでしゃべったところで口籠もった。

「どうしたんだ？」

「ひとりいることを思い出した。戸浪老人だ。いや、まさかそれはないか……」

「戸浪老人というのは、堂園氏が最後に訪ねていった人物だな。なぜ、それはないといいきれる？」

湯川の質問に草薙は答えられない。明確な理由はなく、何となくそう思ったにすぎない。

「家は、この近くなんだな。高齢の老人なら在宅してるんじゃないか」

草薙は湯川の顔を見た。「これから会いに行くとでも？」

「いけないか？　被害者が最後に言葉を交わした人物なんだろ。どんな話をしたのかを聞くだけでも、何かの参考になるかもしれない」

「それはそうだが、おまえはいいのか。物理学とは関係がなさそうなんだろ」

「解けない謎を放り出したくはない。物理学だけが科学ではないしね」

「おまえがそういうのなら、俺に異存はない」

草薙はスマートフォンで再び岸谷に電話をかけ、戸浪の連絡先を尋ねた。その後、戸浪に電話をしたところ、いつでも来てくれて結構だ、とのことだった。自分から訊きたいこともたくさんある、ともいった。

「面倒臭いことになりそうだぞ」戸浪との電話を終えてから湯川にいった。「暇な爺さんの好奇心に付き合わされるだけかもしれない」

「歓迎してくれるんだから結構なことじゃないか。それとも木で鼻をくったような対応のほうがいいとでも？」

「まっ、そうはいわないけどさ」

クルマに戻り、乗り込んだ。次は路上に止めるわけにはいかない。戸浪家に向かう前にコインパーキングを探した。

戸浪家は典型的な日本家屋だった。格子の入った玄関の引き戸を開けると、ジャージにベストという出で立ちの戸浪が奥から現れた。八十歳という年齢にしては長身で、背中も曲がっていない。

草薙たちは畳の上に応接セットが置かれた部屋に案内された。戸浪の妻がお茶を淹れてくれた後、そのまま夫の隣に腰を落ち着けた。

草薙は堂園初彦が訪ねてきた日のことを改めて訊いた。戸浪は神妙な顔つきながら、堂園とのやりとりなどを饒舌に語ってくれた。その内容は捜査資料に記されていたものとほぼ一致していた。

「南は福岡の博多から、北は北海道の札幌まで、まさに全国を回ってきたといっておりました。で、うちが最後だったようですな。義理堅い男です」戸浪は目をしょぼしょぼさせながらいった後、そうだ、といって妻を見た。「あの時の菓子が残っていただろう。刑事さんたちにお出ししたらどうだ」

「ああ、そうね」戸浪の妻が腰を上げた。

「どうかお構いなく」湯川がいった。

草薙は戸浪のほうを向いた。

「あなたから見て、堂園さんの様子はどうでしたか。何か気になることはありませんでしたか。死ぬことを恐れていたとか」

いやあ、と老人は首を大きく横に振った。

「そんなふうには全く感じられませんでした。この際だから、身体が動くうちに、やり残したことを全部やり遂げてやろうと思ったら、案外何も思いつかないんですよ、といって笑ってたぐらいです。強がって無理をしているようには見えなかったなあ。立派なものだと感心しましたよ」

「思い残すことは何もなかった、ということでしょうか」

「ある意味、そうだったんでしょうね。でも、今回の旅の途中で死ななくてよかった、とはいってました。変なところで死んで発見が遅れたりしたら、みんなに迷惑がかかっただろうからってね」

「ははあ、そうですか……」

戸浪の話を聞き、皮肉なものだと草薙は思った。そんなことをいっていながら結局奇妙な殺され方をし、遺体の発見も遅れたのだ。

戸浪の妻が盆を持って戻ってきた。どうぞ、といってテーブルに置いた皿には、個包装された高級そうな菓子が載っていた。

「あの日、堂園さんが持ってきてくれたものです」戸浪がいった。「日本橋の三越でしか買えないものだということでした」

「日本橋?」湯川が反応した。「日本の各地を回ってきた堂園さんの手土産が、東京の名物だったわけですか」

「それについては言い訳をしておりました」戸浪が目を細めていった。「この菓子は、今回の旅の最初、博多にいる人に持っていったんだそうです。すると大層好評だったと か。その後は博多名物を次の訪問先に持っていき、そこで買ったものをまた次の訪問先に持っていくという具合に、土産物をリレーのように繋いでいたところが、最後の最後で時間が足りなくなって、何も買えないまま東京駅に着いたんだそうです。そこでどうしようかと考え、旅の最初に日本橋の三越で買った菓子が好評だったことを思い出し、買いに行ったということでした。ちょうど日本橋に行く用もあったとかで」

「日本橋に行く用？」湯川が反応した。「どんな用ですか？」

「いやあ、そこまでは聞いておりません。久しぶりに東京に帰ってきたから、奥さんにプレゼントでも買おうと思ったんじゃないですか」

老人の答えを聞き、湯川は真剣な顔つきで頷いた。その目は明らかに何らかの閃《ひらめ》きを得たことを感じさせた。

戸浪家を後にすると、「日本橋に行ってみよう」と湯川がいい出した。「どんな用があったのか、突き止めてみたい」

「そうはいっても日本橋は広い。日本橋のどこへ行こうってんだ？」

「もちろんこれを売っているところだ」湯川は右手を小さく上げた。その指に摘まれているのは、さっきの菓子の包装袋だった。

3

日本橋三越本店の地下売り場に行くと、大勢の客で賑わっていた。フロアは広く、店舗が細かく分かれており、目的の売り場を見つけるのは容易ではなさそうだ。迷わず店内案内所に向かった。

包装袋を見せると、すぐに場所を教えてもらえた。和菓子の土産店が並ぶ一角にその売り場はあった。草薙たちが近づいていくと、いらっしゃいませ、と頭に三角巾を付けた女性店員が笑顔で声を掛けてきた。

すみません、といって草薙は上着の内側から警察手帳を覗かせた。

「我々はこういう者です。お忙しいところ申し訳ないのですが、捜査に御協力をお願いできますか。少しお話を伺いたいだけです。お時間は取らせません」

女性店員の顔から笑みが消え、警戒の色が浮かんだ。「どういったことでしょうか」

草薙はスマートフォンを取り出すと画面に堂園初彦の顔写真を表示させ、女性店員のほうに向けた。

「最近、この男性がこちらで商品を購入したようなのですが、御記憶にありませんか」

女性店員は画面を覗き込むと、すぐに大きく頷いた。

「覚えています。たしかにお見えになりました。二度、いらっしゃいました」

「いつ頃ですか」

「一度目は二週間ぐらい前だったと思います。商品を眺めて迷われている御様子でしたので、お声がけさせていただきました」

「この方は何と？」

「これから九州の知り合いに会いに行くのだけれど、どんなものをお土産にすればいいかわからなくて困っている、とのことでした。先方は甘い物好きだけれど、高齢なので量が多すぎても困るだろうし賞味期限も気になる、というようなことをおっしゃっていました」

「それでどの品を薦めたんですか」

「こちらの商品です」女性店員が手で示したのは、まさに戸浪家で出された菓子だった。

「二度目に来たのはいつ頃ですか」

「その一週間後ぐらいだったと思います。その時はお客様のほうから声をかけてくださったんです。いい品を薦めてくれて助かった、おかげで先方から大層喜ばれたといってくださいました。それで記憶に残っているんです」

「その時、前回と同じ商品を買ったんですね」

「はい。これから訪ねる先も高齢の御夫婦なのでちょうどいいと思うから、とおっしゃってました」

「ほかにはどんなことを話しましたか」

「ほかに……ですか」

「些細なことでも結構です。何か印象に残っている言葉とかはありませんか」

「さあ……」女性店員は困惑した様子で頰に手を当てた。毎日、大勢の客を相手にしているのだから、思い出せというほうが無理なのかもしれない。

「日本橋には、よく来ている様子でしたか」横から湯川が質問を発した。「こちらのデパートの常連だったなら、雰囲気でわかるような気がするのですが」

「常連さんという感じではなかったと思います。たしか何か訊かれたような……」そういってから女性店員は、ああそうだ、と手を叩いた。「思い出しました。ここから水天《すいてん》宮《ぐう》までは遠いのかって尋ねられたんです」

「水天宮？　神社の？」草薙は訊いた。

「そうです。歩いていける距離か、歩いたらどれぐらい時間がかかりそうかって。一キロちょっとだから、二十分ぐらいじゃないでしょうかってお答えした覚えがあります」

草薙は湯川と顔を見合わせた後、ありがとうございました、と女性店員に礼をいい、その場を離れた。

「水天宮か。意外な名称が出てきたな」クルマのキーを出しながら草薙はいった。

「いや、そうでもない」

湯川の言葉を聞き、草薙は足を止めた。「予想していたとでもいうのか」

「予想とまではいわないが、あるいは、とは思っていた」

「どうして？　根拠は何だ？」

「まあ、そうせっつくな。とりあえず水天宮に行ってみよう」

三越の駐車場を出て、水天宮に向かった。カーナビで確認したところ、距離は一・三キロだ。散歩にはちょうどいい距離といえた。

水天宮にも駐車場がある。クルマを止め、神社の階段を上がった。建物が新しいのは、数年前に建て替えられたかららしい。

社務所に行くと混み合うことも多いのか、ベルトパーティションで順路が仕切られていた。だが幸い、今は人の数はそれほどではなかった。

湯川は、お守りやお札の見本が並んでいる陳列棚の前で足を止めると、満足そうに首肯した。

「どうした？　何やら納得している様子だが」

「その通り。大いに納得した」湯川は表情を緩めていった。「すべての謎が解けるかもしれない。ただその前に確かめてほしいことがある。堂園氏は、ここでお守りを買っているはずだ」

「お守りを？」

「そうだ。確認してくれないか」

「わかった」

なぜ物理学者がこんなことをいいだしたのかはさっぱりわからなかったが、草薙はスマートフォンを操作しながら授与所に近づいた。巫女《みこ》のような姿をした女性がにこやかに迎えてくれたが、警察手帳を示すと、その笑顔が忽《たちま》ち消し飛んだ。

草薙はスマートフォンに表示させた堂園の顔写真を女性に見せた。

「この男性が、最近こちらでお守りを買いましたか？」

女性は戸惑った表情で首を傾げた。

「さあ、いらっしゃったかもしれませんけど、お顔をじっくりと見るようなことはございませんので……」

湯川が隣にやってきた。

「こちらでは、お守りを購入した場合、翌朝、祈願者の名前を神前で読み上げてもらえるそうですね。その名前を記した用紙を調べれば確認できるのではないですか」

「それはそうですけど、あの、上の者に訊いてみませんと……」女性は不安げな顔で、おどおどといった。

「では、是非御相談していただけませんか。お願いします」草薙は頭を下げた。

それから約三十分後、草薙は水天宮の隣にあるホテルのラウンジで、部下からの連絡を待っていた。湯川は向かいの席でスマートフォンをいじっている。店に入ってからは、殆《ほとん》ど言葉を交わしていない。

上着の内側で着信の手応えがあった。草薙は立ち上がり、出口に向かいながらスマートフォンを操作した。電話をかけてきたのは部下の内海薫《うつみかおる》だった。

「草薙だ。確認できたか」

「できました。頼子夫人に尋ねたところ、四月八日に凍結受精卵の移植をしたそうです。敢えて警察にいう必要はないと思い、黙っていたとおっしゃっています」

「そうか。わかった」

「どうして不妊治療のことを知っているのかと尋ねられました」

「何と答えた?」

「捜査上の秘密なのでお教えできませんと」

「それでいい。御苦労だった」

電話を切って店に戻ると、湯川に内海薫からの情報を話した。

「やはりそうだったか。それですべての辻褄が合う」

「どういうことだ。そろそろ説明してくれ」

湯川は頷き、コーヒーカップを置いた。

「引っ掛かっていたのは、八日に頼子夫人がクリニックに行ったということだ。どうにも解せなかった。いくら予約を入れてあったとしても、夫が行方知れずなんだから、それどころではないはずだ。ただしクリニックで受ける予定の治療が、簡単にはキャンセルしにくいものであったならば話は別だ。それはどういうものかと考えて、不妊治療に思い当たった。女性の体調やリズムなどから綿密にスケジュールを組むらしいので、おいそれとは変更できないだろう。その仮説が頭にあったから、堂園氏が日本橋に用があったと聞いた瞬間、水天宮が頭に浮かんだ」

「そういうことか。しかしおまえが神社に詳しいとは意外だ」

「別に詳しくない。たまたま知っていただけだ。科学とは無関係な人間と話す機会が増えたと何度もいってるだろ。自分にとって不要な知識も入ってくる」

水天宮の責任者に頼み込んだところ、特別に調べてくれた。四月七日に堂園は『子授け御守』を買っていた。祈願者の氏名欄に堂園頼子と記された紙が残っていたのだ。

「それで？　頼子夫人が不妊治療を受けていたら、どうしてすべての謎が解けるんだ」

「簡単なことだ。ある人物は二つの命を重ねようとし、犯人は、それを阻止しようとしたんだ」

4

ノックをしたが返事はなかった。もう一度叩こうと拳を上げたところでドアが開いた。

やあ、と湯川がすました顔でいった。彼の背後にスーツ姿の二人の男性が立っていた。

「すまん。来客中だったか」草薙はいった。

「問題ない。ちょうどお帰りになるところだ」湯川は後ろを振り返った。「お疲れ様でした」

二人の男性が部屋から出てきた。年嵩のほうが改めて湯川のほうを向いた。

「では教授、失礼いたします。本日はお時間を頂戴し、ありがとうございました。どうかひとつよろしくお願いいたします」

「考えておきます」湯川の口調は淡泊だ。

二人が立ち去るのを見送ってから草薙は部屋に入った。テーブルにパンフレットらしきものが置かれている。湯川はそれらをまとめると、デスクのそばのゴミ箱に突っ込んだ。

「いいのか?」

「計測器を通常の六割の値段で買わないか、という相談だった」

「六割? 悪くない話だと思うが」

「来月、ライバル社が最新機を発表する。そちらのほうが優れた機能を備えているから、その前に売りつけておこうという魂胆だ。最新機の情報を知らない者なら騙されるかもしれない。殆ど詐欺師の手口だ」

「大変だな、教授というのも」

「まあ、少し慣れたがね」

先日と同じようにテーブルを挟んで向き合った。

「鈴岡雄也を逮捕した」草薙はいった。「案の定テレグラムを使っていたが、科捜研がスマートフォンの解析に成功し、津坂とのやりとりの一部を復元したんだ」

「ほう、警察もなかなかやるもんだな」

「すべての分野において科学は進化している、といったのはおまえじゃなかったか。それに触れる者は知見のアップデートを怠ってはならない、だろ？ おかげで鈴岡雄也は何もかも白状した。ほぼ、おまえの推理通りだった」

「それは何より」

というわけで、といって草薙は紙袋を出した。「これは俺からのささやかなお礼だ」

「ほう、日本酒か」

「『豊島屋酒造』の金箔入り銘酒だ。黒ラベルは純米大吟醸で、赤ラベルは大吟醸。どちらも日本橋三越本店限定品だ」

「そんな気を遣ってもらう筋合いはないが、せっかくだからもらっておこう。新四年生の歓迎会にちょうどいい」湯川は紙袋を自分の脇に置いた。「鈴岡雄也は、四月八日に頼子夫人が凍結受精卵の移植手術を受けることを知っていたんだな」

「そうだ。奴はスパイを使っていた」

「スパイ？」

「堂園家で働いている家政婦だ。鈴岡に買収され、堂園夫妻に関する情報を流していた。

堂園氏の旅行の日程もな。それに基づいて鈴岡は津坂に指示を出していたわけだ」

湯川が口元を緩めた。

「頼子夫人が手術を受けたらタイムオーバーだ。さぞかし焦ったことだろうな」

「津坂がなかなか実行しないものだから苛々《いらいら》したといっていたよ。七日の深夜に津坂から、トラックで轢いたと連絡があったが、死んだかどうかははっきりしないというし、翌日になっても遺体が見つからない。一体どうなっているのかと思っていたら、ようやく遺体が発見された。ところが一週間近くも漂流していたものだから死亡日に幅ができてしまった。死んだのが八日以降の可能性もあると知り、愕然としたらしい」

湯川は大きく首を上下させた。

「まさに堂園氏の狙い通りになった、というわけだ」

「おまえから、堂園氏は自分で川に落ちた可能性が高いと聞かされた時には、まさかと思ったけどなあ」

「頼子夫人は不妊治療を受けているんじゃないかと気づいた時、もしそれで子供ができたとしても堂園氏の子とは認定されないだろうと思った。父親の死後、その精子を使って懐胎しても親子関係は認めない、という判例があるからだ。そういう子のことを死後懐胎子というそうだが」

「懐胎時期は医療機関が決めるが、人工的な方法を使った場合、施術日を一日目として
それからの二十九日間とするらしい。つまり頼子夫人が妊娠した場合、懐胎時期の初日
は四月八日だ。その時点で父親が死んでいたらアウト、親子関係は認めてもらえない」
「逆にいえば、父親が死んでいたとしても死亡日に幅がもたされていて、それが八日以
降にも及んでいた場合には死後懐胎とは断定できない、ということになる」
「そのことを堂園氏も知っていた。だからクルマに轢かれ、瀕死の状態になった時、何
とかして自分の死亡日を遅らせなければならないと考え、川に飛び込んだ。溺死体とな
って漂流すれば、発見されるまでに数日間、場合によっては数週間かかる可能性がある。
海に出てしまったら、もっと時間がかかるかもしれない。そうなれば死亡推定日に幅が
生じる、というわけだろ。いやあしかし――」草薙は首を捻った。「おまえから理屈を
聞かされて、なるほどと合点はいった。だけど正直なところ、今でも信じがたい気分な
んだ。死の境をさまよいながら、そこまで思考が働くものかねえ」
「ふつうの人間ならそうだろう。だけど堂園氏は末期癌を患っていた。おそらく自分の
死期について常に考えていたはずだ。八日に夫人が凍結受精卵の移植手術を受けること
は知っていただろうから、とにかくそれまでは死ねないと思ったんじゃないだろうか」
「新たに生まれた命と自分の命、そのふたつが生存していた期間を何とかして重ねよう

とした、ということだな。信じがたいが、そう考えるしかなさそうだ。一方、鈴岡雄也としては、そのふたつが重なるのを何とかして防がねばならなかった。最近わかったことだが、やはり遺言書が存在した。そこには鈴岡雄也を相続人から外すと明記してあった。その結果、雄也が受け取れるのは遺産の四分の一となるわけだが、頼子夫人の胎児が堂園氏の子と認定されれば、雄也の取り分はさらに半分の八分の一になってしまう」

「遺産の半分を手に入れられると目論《もくろ》んでいたところが、八分の一に減ずるわけか。それなら悪魔の誘いに乗る人間もいるかもしれないな」

「全くナンセンスだよ。つまらない欲をかいたものだ。八分の一だって、結構な額なのに。まあ、裏で糸を引いていたのは母親の佐枝だったみたいだがな。証拠を固めたら、あの女の逮捕状も取る予定だ。いずれにせよ今回の犯行が発覚したことで、鈴岡雄也は相続権を失った。はっきりいって、いい気味だ」

「頼子夫人の体調はどうなんだ？」

「うまく着床し、今のところ順調に育っているとのことだ。堂園氏の命日には、親子で墓参りができるんじゃないか」

命日、といって湯川は視線を宙に向けた。

「それはいつだ？」

「役所の書類上は、推定死亡日は四月七日から十日の間、となっているらしい。だから堂園家では四月十日を命日にするってことだった」

「懐胎した日は四月八日だとすれば、見事に命の時間が重なったな」

じつに素晴らしい、といって湯川は眼鏡を外した。

初出　「オール讀物」

思い出エレベーター　二〇二三年九月・一〇月合併号
Have a nice day!　二〇二四年一月号
雨あがりに　二〇二三年八月号
アニバーサリー　二〇二三年七月号
七階から愛をこめて　二〇二三年五月号
重命る　二〇二三年一二月号

本書は文庫オリジナルです

文春文庫

時《とき》　ひ　ら　く

定価はカバーに
表示してあります

2024年2月10日　第1刷
2024年2月29日　第2刷

著　者　辻村深月《つじむらみづき》　伊坂幸太郎《いさかこうたろう》　阿川佐和子《あがわさわこ》
恩田陸《おんだりく》　柚木麻子《ゆずきあさこ》　東野圭吾《ひがしのけいご》

発行者　大沼貴之

発行所　株式会社　文藝春秋

東京都千代田区紀尾井町 3-23　〒102-8008
TEL　03・3265・1211㈹
文藝春秋ホームページ　http://www.bunshun.co.jp

落丁、乱丁本は、お手数ですが小社製作部宛お送り下さい。送料小社負担でお取替致します。

印刷・TOPPAN　製本・加藤製本　Printed in Japan
ISBN978-4-16-792167-5

文春文庫　アンソロジー

（　）内は解説者。品切の節はご容赦下さい。

池波正太郎・逢坂　剛・上田秀人・梶　よう子
風野真知雄・門井慶喜・土橋章宏・諸田玲子
池波正太郎と七人の作家 **蘇える鬼平犯科帳**

逸品ぞろいの「鬼平づくし」。「鬼平」誕生五十年を記念し、七人の人気作家が「鬼平」に新たな命を吹き込んだ作品集。本家・池波正太郎も「瓶割り小僧」で特別参加。

い-4-200

江國香織・小川洋子・川上弘美・桐野夏生
小池真理子・髙樹のぶ子・髙村　薫・林　真理子
甘い罠
8つの短篇小説集

江國香織、小川洋子、川上弘美、桐野夏生、小池真理子、髙樹のぶ子、髙村薫、林真理子という当代一の作家たちの逸品だけを収めたアンソロジー。とてつもなく甘美で、けっこう怖い。

え-10-2

恩田　陸・米澤穂信・村山由佳・窪　美澄・彩瀬まる
阿部智里・朱川湊人・武川　佑・乾《いぬい》ルカ・小池真理子
妖し

暑い日に起こるある出来事。なぜか思い出すもう一人のわたしの記憶……。それは不思議な夢か妄想か。あなたが見ている世界は本物ですか？　10人の執筆陣が紡ぐ、奇譚アンソロジー。

お-42-51

辻村深月・乾　くるみ・米澤穂信
芦沢　央・大山誠一郎・有栖川有栖
神様の罠

ミステリー界をリードする六人の作家による、珠玉の「罠」。最愛のひととの別れ、過去がふいに招く破綻、思いがけず露呈するほころび、知的遊戯の結実、コロナ禍でくるった日常……。

つ-18-50

奥田英朗・窪　美澄・荻原　浩
原田マハ・中江有里
恋愛仮免中

結婚を焦るOL、大人の異性に心を震わせる少年と少女、残り時間の少ない夫婦……。人の数だけ、恋の形はある。実力と人気を兼ね備えた豪華執筆陣がつむいだ恋愛小説アンソロジー。

は-40-51

辻村深月・万城目　学
湊　かなえ・米澤穂信
時の罠

辻村深月、万城目学、湊かなえ、米澤穂信——綺羅、星のごとく輝く人気作家四人がつづる〝時〟をめぐる物語。宝石箱のようにきらめく贅沢な、文庫オリジナル・アンソロジー。

み-44-30

湊　かなえ・有栖川有栖・柚月裕子・北村　薫
井上荒野・東山彰良・加納朋子
猫が見ていた

猫を飼うふりを続けていた男の謎。同じマンションの住人の猫を密かに飼う女……猫好きで鳴る人気作家七人が集結。猫をめぐる書き下ろしアンソロジー。文庫オリジナル。　（澤田瞳子）

み-44-31

山崎ナオコーラ
文豪お墓まいり記
谷崎潤一郎、永井荷風、太宰治に森茉莉…互いに交流する文豪たち。26人の人生を思いつつ、現代の人気作家がお墓まいり！　食事処案内やお墓の地図ありの楽しいガイド。

や-51-3

山内マリコ
買い物とわたし
お伊勢丹より愛をこめて
週刊文春の人気連載「お伊勢丹より愛をこめて」が書き下ろしを加えて一冊に。蚤の市で買ったお皿からハイブランドのバッグまで、カラーイラスト満載で紹介するお買い物エッセイ。
や-62-1

米原万里・佐藤　優　編
偉くない「私」が一番自由
佐藤優が選ぶ、よりぬき米原万里。メインディッシュは初公開の東京外語大学卒業論文。単行本未収録作品も含む傑作エッセイを佐藤シェフの解説付きで紹介する。文庫オリジナル。

よ-21-7

和田　誠
銀座界隈ドキドキの日々
銀座が街の王様で、僕はデザイナー一年生だった！　憧れのデザイン業界の修業時代を文章と懐かしいデザインで綴った六〇年代グラフィティ。講談社エッセイ賞受賞。　（井上ひさし）
わ-2-4

若松英輔
悲しみの秘義
暗闇の中にいる人へ――宮澤賢治や神谷美恵子、プラトンらの悲しみや離別、孤独についての言葉を読み解き、深い癒しと示唆で日経新聞連載時から反響を呼んだ26編。　（俵　万智）
わ-24-1

若林正恭
表参道のセレブ犬とカバーニャ要塞の野良犬
「別のシステムで生きる人々を見たい」。多忙な著者は5日間の夏休み、一人キューバに旅立った。特別書下ろし3編「モンゴル」「アイスランド」「コロナ後の東京」収録。　（DJ松永）
わ-25-1

若林正恭
ナナメの夕暮れ
世界を疑い続ける面倒な性格を持て余していた著者は、いかにして立派なおじさんになったのか。自分探しは、これにて完全終了！　書き下ろし「明日のナナメの夕暮れ」収録。（朝井リョウ）
わ-25-2

文春文庫　最新刊

追憶の烏　阿部智里
楽園に至る真実が今明らかに。シリーズ最大の衝撃作

時ひらく　辻村深月　伊坂幸太郎　阿川佐和子　恩田陸　柚木麻子　東野圭吾
超豪華、人気作家六人が三越を舞台に描くデパート物語

人魚のあわ恋　顎木あくみ
帝都を舞台に人魚の血を引く少女の運命の恋がはじまる

恋風　仕立屋お竜　岡本さとる
恋に破れた呉服屋の娘のために、お竜は箱根へ向かうが

情死の罠　素浪人始末記（二）　小杉健治
素浪人として市井に潜む源九郎が、隠された陰謀を追う

おでかけ料理人　佐菜とおばあさまの物語　中島久枝
箱入りおばあさまと孫娘コンビが料理を武器に世間を渡る

助手が予知できると、探偵が忙しい　秋木真
私は2日後に殺される、と話す女子高生の依頼とは…

悪将軍暗殺　武川佑
父と生き別れ片腕を失った少女は悪将軍への復讐を誓う

double～彼岸荘の殺人～　彩坂美月
超能力者たちが幽霊屋敷に招かれた。そして始まる惨劇

あんちゃん〈新装版〉　北原亞以子
野心をもって江戸に来た男は、商人として成功するが…

大盛り！　さだおの丸かじり　とりあえず麵で　東海林さだお
読んだら最後、食べずにはいられない。麵だけの傑作選

精選女性随筆集　宇野千代　大庭みな子　小池真理子選
対照的な生き方をした二人の作家が綴る、刺激的な恋愛

罪人たちの暗号　上下　ヘンリック・フェキセウス　カミラ・レックバリ　富山クラーソン陽子訳
北欧を舞台に、連続誘拐殺人犯との頭脳戦が巻き起こる

妻と私・幼年時代〈学藝ライブラリー〉　江藤淳
保守の真髄を体現した言論人、最晩年の名作を復刊！